MORD IM SCHATTEN DES TURMS

Ein Krimi aus dem Taunus mit einem Schuss Humor

Von

Brina Stein

Wellengeflüster VERLAG

Impressum

Besuchen Sie uns im Internet:
www.wellengefluester-verlag.de

TASCHENBUCHAUSGABE

1. Auflage April 2020

Umschlaggestaltung & Satz: Attila Hirth
Lektorat: Hubert Quirbach
Das Cover entstand unter Verwendung:
Bilder von Stadt Eppstein und Pexels.com

Printed in EU

ISBN – Print 978-3-948510-04-6
ISBN – E-Book 978-3-948510-05-3

Die Deutsche Nationalbibliothek verzeichnet diese Publikation in der Deutschen Nationalbibliografie.

Autorin Brina Stein

Sabrina Reulecke schreibt unter dem Namen Brina Stein. Sie wurde in Berlin geboren, ist in Lübeck aufgewachsen und lebt heute mit ihrem Mann im Taunus. Sie zog 2005 nach Eppstein und fand hier in Hessen ihr zweites Zuhause. Vor über siebzehn Jahren hat sie die Kreuzfahrt für sich entdeckt. Auf weit über 50 Kreuzfahrten war sie fasziniert von den Möglichkeiten, in einem Urlaub verschiedenste Länder zu entdecken und begann, das Reisen mit dem Schreiben zu verbinden. Ihre Reiseerlebnisse wurden so zur Vorlage ihrer fiktiven Kreuzfahrtgeschichten.

Seit ihrem Debüt im Jahre 2012 hat sie insgesamt sechs Bücher der Wellengeflüster-Buchreihe in Verlagen veröffentlicht. Außerdem erschien im Würzburger Verlagshaus Stürtz ein Bildband zu ihrer Kreuzfahrt um die Welt. Eine maritime Anthologie als Herausgeberin mit neun anderen Autoren und der Ratgeber *Echte Kreuzfahrterlebnisse* runden ihre bisherigen Veröffentlichungen ab.

Mit *Mord im Schatten des Turms* begibt sich die Autorin in ein für sie neues Genre, den Krimi.

Inhalt

Prolog

Endlich erreicht Ariane den Turm. Der Aufstieg vom Eppsteiner Bahnhof aus dauert mehr als eine halbe Stunde, denn die kleine Straße führt steil bergauf. Die Frau fühlt sich erschöpft. Ihre Beine zittern und sie spürt, wie der Schweiß in kleinen Bächen ihren Rücken hinunterläuft. Staunend sieht sie die alte, hohe Mauer hinauf. Sie ragt steil empor und wirkt bedrohlich. Es riecht nach Vermodertem wie auf einem Friedhof. Ganz oben befindet sich ein kleiner Turm, auf dem eine Fahne weht. Dort kann sie auch eine Satellitenschüssel erkennen. Rund um den Turm herrscht wilder Pflanzenwuchs, alles sieht unbewohnt aus. Das verwundert Ariane. Doch er hat ihr gesagt, er wohne hier. Links neben dem Eingang in den Garten, der zum Turm führt, sieht sie einen Verschlag. Er ist mit weißer und roter Farbe bemalt. Ein silberfarbener Riegel hält ihn verschlossen. Kurz dreht sie sich um und blickt hinab ins Tal. Die beleuchtete Stadt Eppstein glitzert am frühen Abend in einem wahren Lichtermeer. Klar sieht sie die Reste der alten Burgruine gegenüber und auch der Kaisertempel ist deutlich erkennbar. Die Frau dreht sich zum Turm zurück und jetzt kann sie einen kleinen Lichtschein erkennen, der aus dem unteren Teil des Gebäudes nach außen dringt. Das kann nicht die Spiegelung der Stadt sein. Dort ist seine Wohnung, er hat ihr alles genau beschrieben. Ariane klopft das Herz bis zum Hals. Hat sie die richtige Entscheidung getroffen, seine Einladung anzunehmen? Ist sie mit Anfang fünfzig nicht zu alt für ein abenteuerliches Date dieser Art mitten im Wald am Abend? Doch da fallen ihr wieder die Blicke aus seinen Augen ein. Seitdem sie im Taunus vor zwei Wochen angekommen ist, fühlt sie sich nach vielen Jahren endlich wieder als Frau wahrgenommen. Begehrt. Sie begegnete ihm gleich bei ihrer Ankunft und doch dauerte es einige Tage, bis sie über Privates sprachen. Von ihr weiß er inzwischen alles, doch in sein Leben hat er sie bisher nur sehr wenig blicken lassen. Umso mehr überraschte sie seine spontane Einladung für heute Abend. Damit hat sie nicht gerechnet, war aber gleich Feuer und Flamme gewesen, als er ihr erzählte, dass er auf einem alten Turm gegenüber der Stadt Eppstein lebe. Von Eulenstein aus hat sie die S-Bahn genommen und keine Rückfahrtzeit nachgesehen. Im Grunde träumt sie von einer gemeinsamen Nacht mit ihm. Ariane fasst sich ein Herz und öffnet die Eingangspforte aus Holz. Sie knarrt ein wenig. Langsam geht sie den Weg entlang, der zum Turm führt. Auch hier wuchert links und rechts des Weges viel Unkraut und sie achtet sorgsam darauf, keinen Ast ins Gesicht zu bekommen oder gar mit einem ihrer Beine an Brombeerranken zu geraten. Sie trägt einen kurzen Rock, aber keine Strumpfhose. Sie hat Gänsehaut, sie friert. Ariane zieht ihren türkisen Schal ein wenig enger um den Hals. Sie ist viel zu luftig für einen Abend im März angezogen. An der Steintreppe angekommen, die hinauf zum Eingang führt, bleibt sie stehen. Sie sieht sich vorerst noch ein wenig um. Rechts neben der Treppe erblickt die Frau einen verwilderten Steingarten. Mehr und mehr erinnert Ariane dieser Ort an ein verwunschenes Märchenschloss, das im Tiefschlaf liegt. Und der Prinz wartet drinnen auf mich, denkt sie lächelnd und schreitet mutig die Stufen bis zur hölzernen Eingangstür hinauf. Es sind siebzehn. Sie findet keine Klingel und beginnt mit der Faust an die Tür zu schlagen: „Ich bin es", ruft sie zusätzlich. Ihre Stimme klingt zaghaft. Es vergehen ein paar Minuten. Vor der Tür stehen zwei alte Gartenstühle. Kein Laut dringt aus dem Turm nach außen. Die Frau schaut auf die Uhr und stellt fest, dass der Zeiger fünf Minuten vor zwanzig Uhr zeigt. Sie ist zu früh, aber doch nur fünf Minuten. Ihr fällt ein, dass sie auf dem Parkplatz vor dem Turm kein Auto gesehen hat. Ob er gar nicht da ist, fragt sie sich und denkt weiter. Vielleicht hat er ihre Verabredung vergessen? Aber er hat sie doch eingeladen? Ariane entdeckt schließlich einen alten Türklopfer aus Metall an der Tür. Er sieht aus wie ein Löwenkopf. Sie versucht damit nochmals ihr Glück und klopft. Wieder wartet sie, wieder passiert nichts. Sie tritt von der Tür zurück und geht die Stufen langsam wieder hinunter in den Garten. Wieder sieht sie von dort den Lichtschein im Inneren.

„Hallo, hallo", ruft sie mit lauter Stimme durch die Nacht. Vielleicht hört er sie wirklich nicht? Sie überlegt Steinchen gegen die Fenster zu werfen, hat aber zu viel Angst, die alten und historischen Scheiben zu zerstören, die zum Teil sogar mit Ornamenten verziert sind. Handynummern haben sie bisher nicht ausgetauscht, also kann sie ihn nicht anrufen. Ariane geht nochmals die Stufen hinauf und klopft mit dem Türöffner ein weiteres Mal an die Eingangstür. Jetzt energischer. Erneut tut sich nichts. Frustriert steht sie da und überlegt, was sie nun machen soll. Sie kommt sich unendlich dumm vor. Vielleicht hat er sich mit seiner Einladung nur einen Spaß erlaubt? Vielleicht war sie nicht wirklich ernst gemeint? Doch seine Augen hatten gestrahlt, als er sie aussprach. Die Gedanken kreisen nur so in ihrem Kopf. Sie seufzt. Es wäre auch zu schön gewesen, nach fünfzehn Jahren Einsamkeit endlich wieder einen

Mann kennenzulernen. Sie geht um den Turm herum in den Garten.

Ihr Handy klingelt und sie zuckt vor Schreck zusammen. Ob er es ist? Sie erkennt die Nummer ihrer Tochter Sophia. Diese ist inzwischen 25 Jahre alt und Ariane weiß, dass diese, wenn sie sie jetzt wegdrückt, gleich wieder anruft. Ihr hartnäckiges Wesen hat Sophia von ihr geerbt. Also nimmt Ariane das Gespräch an und flüstert: „Ich bin noch beim Essen, ich melde mich gleich." Warum sie ihre Tochter anlügt, weiß sie selbst nicht. Sie hört ein kurzes „Okay", dann legt ihre Tochter auf. Eigentlich weiß Ariane, warum sie nicht die Wahrheit sagt. Ihr Mann Hartmut verließ die Familie, als Sophia zehn Jahre alt war und man kann behaupten, dass sie ohne Vater groß geworden ist. Die wenigen männlichen Bekanntschaften, die Ariane seitdem gehabt hat, konnte sie immer vor ihrer Tochter verbergen. Wie würde es jetzt auf Sophia wirken, wenn sie erführe, dass ihre Mutter ein Rendezvous im Wald an einem einsamen Ort hätte, mit einem Mann, den sie kaum kennt? Nein, es ist besser gewesen zu lügen, befindet sie. So ist Sophia nicht beunruhigt. Ariane selbst ist es inzwischen schon. Es ist zu dunkel, um die Zeit auf ihrer Armbanduhr zu erkennen. Das letzte Licht des Tages ist gegangen. Sie kramt ihr Handy erneut aus der Handtasche. Die Digitalziffern zeigen 20 Uhr 30. Die Frau begreift, dass ihr Treffen geplatzt ist. Er ist nicht da oder macht nicht auf. Trotzdem schleicht sie weiter um den Turm im Garten herum. Sie überquert die verwitterte Terrasse, auf der Möbel stehen, deren Holz aber morsch aussieht. Moos hat sich bereits an vielen Stellen abgesetzt. Die Stühle wurden anscheinend lange nicht benutzt. Das findet sie seltsam, schiebt es jedoch auf den langen Winter. Vielleicht hat er bei seiner vielen Arbeit noch keine Gelegenheit gefunden, hier im März den Frühjahrsputz zu machen? Er wirkt auf sie immer sehr beschäftigt. Ariane geht durch einen alten Torbogen und erreicht wieder die hölzerne Eingangspforte des Gartens. Langsam und mit herunterhängenden Schultern geht sie den Weg entlang, den sie vor über einer halben Stunde mit klopfendem Herzen gekommen ist. Auf dem Parkplatz angekommen, fällt ihr Blick wieder auf den Verschlag. Es könnte auch eine Garage sein, denkt Ariane und überlegt weiter. Ob dort drinnen ein Auto parkt? Sein Auto? Sollte er doch da sein und ihr nur nicht aufmachen wollen? Ihre Neugier ist geweckt. Der Riegel lässt sich leicht nach rechts zurückschieben und als sich die Tür öffnet, knarrt sie ein wenig und gibt den Blick auf ein Fahrzeug frei. Sein Fahrzeug, der große Geländewagen. Er ist also doch da, denkt sie. Im selben Moment spürt sie eine Schlinge, die sich von hinten um ihren Hals wirft und sich immer enger zuzieht. Sie japst, strampelt, schreit. Doch es hilft nichts. Ariane ringt nach Luft. Sie fühlt, dass sie in kräftigen Armen liegt. Sie spürt durchtrainierte Muskeln in ihrem Rücken und kann einen süßen Duft riechen, der ihr irgendwie bekannt vorkommt. Mit dem linken Arm hat jemand ihre Taille fest im Griff. Die rechte Hand, die ein schwarzer Handschuh aus Leder verhüllt, zieht den Strick, der inzwischen ihre Kehle vollständig zuschnürt, noch fester. Warum, denkt sie, denn zum Sprechen ist sie nicht mehr fähig und das Letzte, was sie auf dieser Welt hört, sind harmloses Vogelgezwitscher und die Worte: „Auf diesen Moment warte ich seit einem Jahr."

Kapitel 1

Uffbasse[*]!

Die Sonnenstrahlen, die es am frühen Vormittag durch die Wolken schaffen, wärmen ein wenig. Es ist Mitte März und dieser Sonntag fühlt sich für die meisten Menschen wie ein erster Bote des Frühlings an. Jedoch nicht für Landfrau Rita aus dem niedersächsischen Wülferode, die mühsam und mit einem verbissenen Gesichtsausdruck aus der Tür der Rehaklinik tritt. Vor einer Woche ist sie hier in Eulenstein im Taunus angekommen. Bedingt durch einen Sturz im Februar, bei Eis und Schnee vor ihrem Haus, ist die längst fällige Hüftoperation nicht länger aufzuschieben gewesen. Rita, die ansonsten einen sehr dominanten Charakter hat, fügt sich ausnahmsweise brav in ihr Schicksal. Sie hasst den Gehwagen, den sie am ersten Tag zugeteilt bekam, wie die Pest. Natürlich ist es besser, wieder mobil zu sein, doch der Professor hat ihr unmissverständlich mitgeteilt, dass dieser Wagen in der ersten Woche ihr steter Begleiter sein würde, bevor sie danach auf Krücken umsteigen darf. Ihren Klinikaufenthalt hat er auf mindestens drei Wochen festgelegt. Die Landfrau hat allerdings gleich für sich beschlossen, dass sie in keinem Fall einer Verlängerung

---

* *Aufpassen*

zustimmen wird. Im nächsten Jahr werde ich 65 Jahre alt, denkt Rita, da gehöre ich noch lange nicht zum alten Eisen! Außerdem hat sie ein klares Ziel vor Augen. Im Mai muss sie so fit sein, dass sie nach Sylt reisen kann, denn da ist das große Wiedersehen der Weltreisegruppe geplant. Im vergangenen Jahr hat sie gemeinsam mit ihren Freundinnen Ute und Rosi eine 115-tägige Kreuzfahrt um die Welt unternommen. Vier Monate lang sind sie unterwegs gewesen und haben Südamerika umrundet, die traumhafte Südsee besucht, Neuseeland und Australien entdeckt und schließlich Südafrika kennengelernt. Sie rechnet im Geist nach. Heute ist der 10. März. Schmerzerfüllt denkt sie daran, dass sie vor einem Jahr in Auckland vor Anker gelegen haben. Vor ihrem inneren Auge sieht sie wieder die eindrucksvolle Skyline dieser Stadt in der Abendsonne glitzern. Und genau ein Jahr später bewegt sie sich mit einem G-e-h-w-a-g-e-n in einer R-e-h-a-k-l-i-n-i-k. Manchmal kann sie das selbst kaum fassen, doch es ist so. Die Ärzte im Krankenhaus in Hannover waren unerbittlich gewesen. Hätte sie der Rehamaßnahme nicht zugestimmt, wäre sie aus der Klinik nicht entlassen worden. Die Sache zu Hause auszukurieren war nicht infrage gekommen, als die Ärzte erfuhren, dass sie allein lebt. Da half es auch nicht, dass ihre Freundin Rosi gleich nebenan wohnt und sich um sie gekümmert hätte. Die Landfrau blickt sich um. Die Rehaklinik umschließt ein Wald. Das langgezogene Gebäude, dass fünf Stockwerke hoch ist, ist bei ihrer Ankunft von der Straße aus zunächst gar nicht zu sehen gewesen. Wütend stellt Rita plötzlich fest, dass sich das rechte Rad des Gehwagens mal wieder quer stellt. Das passiert regelmäßig, seitdem sie mit diesem Gefährt hat vorliebnehmen müssen. Sie beginnt den Rollator hin und her zu bewegen, um das Rad wieder in die richtige Fahrposition zu bringen. Dabei schimpft sie mit dem armen Wagen, als ob er sie verstehen würde.

„Darf ich ihnen helfen?“, ruft ihr freundlich eine männliche Stimme zu.

Rita erkennt Mischa, den netten jungen Therapeuten, der immer die Wassergymnastik durchführt und der sie nicht nur wegen seines Namens an die TV-Serie *Schwarzwaldklinik* aus den Achtzigern im Fernsehen erinnert. Seine schwarz gelockte Wuschelmähne scheint immer ungebändigt und sein lockerer Umgang mit den Patienten macht selbst diese Klinik zu einem fröhlichen Ort. Rita winkt ab und ruft: „Der muss mir gehorchen, nicht ich ihm.“

Mischa lacht und Rita beobachtet, wie er mit schnellen Schritten zum Parkplatz geht und gut gelaunt vor sich hin pfeift. Der hat bestimmt Feierabend, überlegt sie. Ob er jetzt nach Hause zu seiner Familie fährt? Es ist Sonntag und Rita hat schnell an ihrem ersten Wochenende in Eulenstein gemerkt, dass an den freien Tagen hier Totentanz herrscht. Es gibt keine ärztlichen Untersuchungen und auch die Anwendungen sind auf ein Mindestmaß reduziert. Am Abend fühlt es sich an wie in einer Geisterstadt. Niemand ist zu sehen. Nicht, dass in der Woche abends sonst ein interessantes Programm angeboten wird. Natürlich ist das Schwimmbad bis 22 Uhr auf und ihre Mitrehabilitanden, alleine diese Ausdrucksweise der Klinikleitung findet Rita unmöglich, vertreiben sich die Zeit mit Brett- und Kartenspielen in der Lobby. Heiß begehrt ist auch das überdimensionale Schachfeld im Außenbereich. Die Figuren sind fast einen Meter hoch. Es ist hier schlimmer als auf der Weltreise an den vielen Seetagen, denkt sie und stellt sich vor, was Bruno schimpfen würde. Bruno war ein Mitreisender gewesen, den sie auf der großen Reise kennengelernt hatte und der als größter Nörgler fast in die Geschichte der Weltreise eingegangen wäre, hätten sie und ihre Freundinnen sich nicht um ihn gekümmert. Zum Reiseende war er ein guter Freund geworden und Rita freut sich, ihn auf Sylt beim

Treffen der Weltreisenden ebenfalls wiederzusehen. Sie zweifelt keine Sekunde daran, dass sie im Mai auf Sylt sein wird. Bis dahin ist das hier alles längst Vergangenheit. Sie hat die Raucherzone erreicht und zündet sich eine Zigarette an. Der Ort besteht aus einem spartanischen Pavillon aus Glas mit einigen Sitzbänken aus Holz und in seiner Mitte steht eine Säule, in die sie die Asche abstreifen muss und in der sie ihre Zigarette löschen soll. Rita muss zum Entzünden der Zigarette den Wagen kurz loslassen, doch das klappt schon gut. Sie kann bereits wieder allein ihr Gleichgewicht halten. Rauchen ist in der Klinik nur im Außenbereich gestattet und dort auch nur in dieser ausgewiesenen Zone, die sich ein paar Meter entfernt vom Haupteingang befindet. Doch nicht nur auf Bruno, auch auf Hans-Hugo, der eigentlich Hans heißt, freut sie sich sehr. Kennengelernt hat sie ihn gemeinsam mit ihren Freundinnen Ute und Rosi, als sie vor drei Jahren eine Kreuzfahrt zum Jahresausklang um die Kanaren unternommen haben. Er ist inzwischen über 70 Jahre alt und damals mit seinen zwei Freunden Kalli und Josef mit einem Segelboot auf dem Weg in die Karibik. Aufgrund eines Motorschadens strandeten die Männer jedoch auf Teneriffa. Genau an diesem Tag lag das Kreuzfahrtschiff, mit dem die Landfrauen unterwegs waren, in diesem Hafen. Kalli und Ute verliebten sich auf den ersten Blick. Sie alle aber wurden auch Freunde. Hans-Hugo ist verwitwet und beim letzten gemeinsamen Weihnachts- und Silvesterfest in Travemünde ist Rita klargeworden, dass sie sich in ihn verliebt hat. So was in ihrem Alter! Es ist sein Haus auf Sylt, wo das große Treffen der Weltreisenden stattfinden soll und Rita ist wild entschlossen, endlich Nägel mit Köpfen in Bezug auf Hans-Hugo und sie zu machen. Ihre Liebe soll endlich offiziell beginnen. Sie löscht ihre Zigarette auf der Säule und fährt mit dem Rollator langsam zurück. Am Schachfeld bleibt sie kurz stehen. Ihr geschiedener Mann Richard war einst Regionalmeister in Hannover in dieser Sportart gewesen und diesen Titel hatte er mehrere Jahre erfolgreich verteidigt. Sie musste damals immer zu den Wettkämpfen mitfahren und hat viel über Schach gelernt. Die beiden Männer, die hier heute Nachmittag spielen, kennt sie vom Sehen aus dem Speisesaal der Klinik. Sie haben keine großen Kenntnisse dieses Spiels. Das erkennt Rita an der Tatsache, in welchen Positionen die Figuren auf dem Brett sehen.

„Wer auch immer von euch die schwarzen hat", ruft sie ihnen ungefragt zu und duzt die Mitrehabilitanden einfach, „deine Dame steht dem Turm viel zu nahe. Beim nächsten Zug von Weiß ist die weg."

Einer der Männer blickt erst sie an, dann das Spielfeld. Schließlich wirft er ihr eine Kusshand zu.

Affig, denkt Rita, wir sind hier in einer R-e-h-a-k-l-i-n-i-k und nicht in einem billigen Kontaktlokal. Sie schlurft weiter mit ihrem Wagen, ohne auf die Anmache zu reagieren. Fast bereut sie ihre forsche Art, doch so ist sie eben. Sie mischt sich immer und überall ein und hält mit ihrer Meinung nie hinter dem Berg. Rita betritt die große Eingangshalle der Klinik. Auf einigen Sofas sitzen ein paar Patienten. Die angrenzende Cafeteria ist gut besetzt, denn viele haben heute am Sonntag Besuch. Gemeinsam genießen sie Kaffee und Kuchen. Rita parkt ihren Gehwagen neben dem grünen Sessel, der sich genau gegenüber der Rezeption befindet und längst zu ihrem Stammplatz geworden ist. Vorsichtig tastet sie nach der Sitzkante und lässt sich schließlich fallen. Ob sie ohne Hilfe wieder aus dem weichen Polster hochkommt, weiß sie noch nicht. Vorgestern klappte es allein gar nicht. Gestern dafür schon, allerdings erst im dritten Anlauf. Rita ist das momentan egal. Von dem Sessel aus kann sie alle Geschehnisse in der Halle gut beobachten. Nicht, dass spannende Dinge passieren, aber so sitzt sie wenigstens nicht allein auf ihrem Zimmer. Die Glastüren der Halle öffnen sich und Rita sieht den ihr inzwischen gut bekannten Leiter und Chefarzt, Professor Dr. Ralf Zimmermann, zusammen mit dem Leiter der Verwaltung, Heinz Nagel, eintreten. Was wollen die denn am Sonntag hier, ist Ritas erster Gedanke. Ist man da nicht im Kreis der Familie oder lässt sich zumindest als Professor auf seinem Golfplatz blicken? Beide Männer kann sie nicht leiden. Der Professor hat am vergangenen Montag mit dem Oberarzt gemeinsam die Eingangsuntersuchung durchgeführt. Er ist von massiger Statur und mit einer hohen Stirn, die aufgrund seines spärlichen Haarwuchses ein paar Narben freilegt. Er erinnert sie eindeutig an das Monster Frankenstein. Frankenstein, also Professor Zimmermann, hatte leider gar keine Ader für Ritas Sorgen am ersten Tag gehabt. Als sie sich beschwerte, dass ihre Minibar auf dem Zimmer leer war, hat er nur mit dem Kopf geschüttelt und etwas von generellem Alkoholverbot im Haus gesagt. Ihre Nachfrage, warum es dann überhaupt eine Minibar im Zimmer gäbe, blieb unbeantwortet. Ebenso ihr Hinweis, dass zumindest Mineralwasser eine Option wäre, wurde abgewiegelt. Dafür gäbe es schließlich die Getränkeautomaten auf den Fluren. Mit Heinz Nagel war sie nur kurze Zeit später angeeckt, als sie sich in der Lobby eine Zigarette angezündet hat. Woher sollte sie wissen, dass dieses Gefäß aus Stein, das auf dem Glastisch vor ihr thronte, kein Aschenbecher, sondern eine schlichte Dekoration war? Die Schilder, dass hier das Rauchen verboten und nur im Außenbereich gestattet ist, hat sie bis zu diesem Zeitpunkt noch nicht gesehen.

Während der ersten Woche stellte sie schnell fest, dass diese beiden Männer immer gemeinsam zum Mittagessen gingen und auch sonst sehr vertraut miteinander taten. Seitdem hießen sie bei ihr nur noch *der Zimmermann und sein Nagel*. Sie belauschte sogar, dass die zwei sich heimlich duzten, wenn sie sich ungestört glaubten. Da wurde aus Herrn

Professor Dr. Zimmermann und Herrn Nagel sehr vertraulich Ralf und Heinz. Sie schätzt die beiden gleich alt, so Anfang vierzig. Während der Arzt sehr groß ist, hat der Verwalter eher eine schmächtige Figur. Dafür hat er im Gegensatz zu seinem Freund noch dichtes, schwarzes Haar. Die Augen des Professors sind von auffallend stechend blauer Farbe.

Rita beobachtet, dass der Chefarzt heute neben seinen Narben auch einige Sorgenfalten mehr auf der Stirn hat und dass der *Nagel* wild und gestikulierend auf ihn einredet. Was die wohl für Sorgen an einem langweiligen Sonntag haben, fragt sich Rita erneut. In Höhe der Rezeption verstummt der Wortschwall des Verwalters. Die Männer nicken den zwei Damen am Empfang zu, die ehrfürchtig zur Seite springen, als sie unvermutet ihre Chefs erkennen. Diese verschwinden hinter der Tür, die mit dem Schriftzug *Zutritt nur für das Personal* gekennzeichnet ist.

„Keine Anrufe jetzt durchstellen", ruft Professor Zimmermann noch den Empfangsdamen zu, „Herr Nagel und ich haben eine wichtige Besprechung." Dann schließt sich hinter ihnen die Tür geräuschvoll.

Rita seufzt. „Klar, Crew only", murmelt sie leise im typischen Kreuzfahrtjargon vor sich hin und fragt sich, wer wohl auf die Idee käme, den *Frankenstein* am Sonntagvormittag in der Klinik anzurufen. Ein Patient jedenfalls bestimmt nicht! Sie greift aus lauter Langeweile zu einer Zeitung, die vor ihr auf dem Tisch liegt, behält aber neugierig, wie sie eben ist, die Tür fest im Blick. Sie liest das Höchster Kreisblatt, die Sonntagausgabe. Den Politikteil blättert sie schnell durch und geht zum kulturellen Leben über. Vorgestellt werden die neuesten Dekorationstrends zu Ostern. Erschrocken stellt Rita fest, dass die Feiertage bereits nächste Woche beginnen. Der kommende Donnerstag ist schon Gründonnerstag! Dass Ostern naht, hat sie völlig verdrängt! Der Landfrau wird bewusst, dass dann in der Klinik mindestens vier Tage lang Totentanz angesagt ist. Das würde sie nicht aushalten! Energisch trommelt sie mit den Fingern auf der Sessellehne herum und überlegt. Die Tür der Cafeteria öffnet sich und fröhliche Lachsalven klingen an ihr Ohr. Da weiß sie, was zu tun ist. Noch heute Abend wird sie einen Brief an ihre Freundinnen Rosi und Ute schreiben. Diese sollen sich auf den Weg zu ihr machen, um gemeinsam die Ostertage im Taunus zu verbringen. Sofort bessert sich ihre Laune, als sie an die Freundinnen denkt. Es wird herrlich werden und sie zweifelt nicht eine Sekunde lang daran, dass ihre Mädels, die übrigens in ihrem Alter sind, kommen. Der Inhalt des Briefes muss nur deutlich formuliert werden. Rosi ist wie sie alleinstehend und Ute kann ruhig mal ein Osterfest ohne ihren heißgeliebten Kalli verbringen. Rita blättert weiter zum Regionalteil der Zeitung, um nach einer geeigneten Unterkunft für die Freundinnen zu suchen. Tatsächlich gibt es die Anzeige eines kleinen Hotels. *Hotel zum Taunus* heißt es und liegt in Eppstein. Es verspricht traumhafte Ausblicke auf die Burg und die kleine Fachwerkstadt. Das klingt gut, findet Rita und die aufgeführten Zimmerpreise erscheinen ihr moderat, wenn sie auch keine Ahnung hat, wo genau diese Stadt liegt.

„Ist Eppstein weit weg von hier?", brüllt sie zur Rezeption hinüber und wedelt mit der Zeitung. Sie traut sich nämlich nicht, allein aufzustehen.

Eine der Rezeptionsdamen kennt sie schon und kommt sofort näher. Rita zeigt ihr die Anzeige in der Zeitung.

Diese lächelt und antwortet: „Mit dem Auto keine zehn Minuten."

Rita dankt und lehnt sich in ihrem Sessel zurück. Da müssen die Mädels eben mit dem PKW kommen. Kallis alte Klapperkiste würde die Reise Richtung Vordertaunus sicher noch aushalten. Sorgsam reißt Rita die Anzeige aus der Zeitung heraus. Dabei fällt ihr Blick auf einen Artikel, der die Überschrift trägt:

Erneuter Einbruch in einer Villa
in Alt-Eppstein – Polizei tappt im Dunkeln!

Interessiert betrachtet Rita eine Luftaufnahme von einigen Gründerzeitvillen der Stadt, die allesamt im Fachwerkstil erbaut sind. Teilweise befinden sich diese sogar in Hanglage. Über dem Ort erblickt die Landfrau einen Bau, der auf vier Säulen steht und sie an einen Tempel erinnert. Dann findet sie ebenfalls eine Luftaufnahme von der erwähnten Villa. Sie zögert kurz, beschließt dann jedoch, dass wegen der Einbruchsserie für ihre Freundinnen keine Gefahr besteht. Welcher Dieb steigt in ein kleines Gasthaus ein? Da gibt es anscheinend in diesem Eppstein lukrativere Ziele. Sie wird jetzt aufstehen und sich in ihr Zimmer begeben. Dort plant sie den *SOS-Brief* an ihre Freundinnen zu schreiben, der diese bewegen soll, sich so schnell wie möglich in den Taunus zu ihr zu begeben. Sie müssen ihr einfach in dieser Einöde beistehen und die Ostertage mit ihr gemeinsam verbringen. Leider klappt das Aufstehen aus dem tiefen Sessel heute genauso schlecht wie die Landfrau befürchtet hat. Ihr selbst fehlt am Abend die Kraft in den Armen, um sich mit Hilfe der weichen Polsterlehne aufzurichten. Sie verflucht den Physiotrainer der Klinik. Karl heißt er und ist ganz das Gegenteil des attraktiven Mischa. Wieso quält der sie eigentlich jeden Tag eine Stunde und sie macht kaum Fortschritte? Das Wort Geduld hat im Wortschatz der Landfrau keinen Platz. Jemand fasst sie am rechten Arm und bietet Hilfestellung. Rita sieht auf und genau in die tiefblauen Augen und in die zerfurchte Stirn von Professor Zimmermann.

„Na, Frau Lauer“, meint er mit betont freundlicher Stimme, „darf ich Ihnen helfen?“

Rita nickt in ihrer Not und sieht neben ihm Heinz Nagel stehen. Der beachtet sie nicht, denn er ist viel zu sehr damit beschäftigt, auf seinem Smartphone herumzutippen. Schließlich ist die Landfrau aufgerichtet und greift sicher zu ihrem Rollator. Als sie einigermaßen standfest ist, antwortet sie: „Danke, aber ich hätte das schon allein geschafft."

„Sicher, sicher", bestätigt der Professor nickend, „ich wollte nur behilflich sein, heute ist ja Sonntag!"

„Was S-i-e beide an einem Sonntag hier machen, verstehe ich ohnehin nicht", beginnt Rita den Professor zu provozieren und ihr Zeigefinger bohrt sich in seine Brust.

Der Verwalter hinter ihm unterbricht die Tipperei auf dem Telefon und schnappt hörbar nach Luft.

„Liebe Frau Lauer, wir Ärzte kennen weder Wochenende noch Feiertage. Wir sind immer im Dienst unserer Patienten unterwegs."

Dabei lächelt er charmant, aber die Linien auf seiner Stirn verhärten sich sichtbar noch mehr und passen nicht zu seinem lieblichen Tonfall.

„Sollen wir Sie auf ihr Zimmer begleiten?", schlägt nun Heinz Nagel vor.

Rita registriert, dass die Hand, mit der er das Smartphone in seine Jackentasche steckt, leicht zittert. Höhnisch lacht die Landfrau auf und meint: „Na, so weit kommt es noch. Das kann ich nun wirklich allein."

„Herr Nagel, das ist auch nicht notwendig, Patientin Lauer macht große Fortschritte mit dem neuen Hüftgelenk und nächste Woche darf sie auch schon auf Krücken umsteigen."

„Wie schön", heuchelt Nagel und Rita sieht ihm an, dass ihr Gesundheitszustand ihn wenig interessiert. Er scheint es eilig zu haben, denn er tritt unruhig von einem Bein auf das andere. Rita beginnt ohne ein weiteres Wort, den Rollator in Richtung Fahrstuhl zu schieben. Sie fühlt, wie sich die Blicke der Männer in ihren Rücken bohren, doch das stört sie nicht. Was für ein Fortschritt, ich darf auf Krücken umsteigen, denkt sie, juhu. Dann überlegt sie kurz und kommt zu dem Schluss, dass Krücken auf jeden Fall besser sind, als dieser G-e-h-w-a-g-e-n. Mit denen könnte sie nämlich notfalls auch um sich hauen, wenn der *Zimmermann und sein Nagel* ihr mal wieder frech kommen. Sie kichert leise vor sich hin bei dem Gedanken. Schließlich hat sie den verglasten Fahrstuhl erreicht, der sie in den dritten Stock bringen wird, wo sich ihr Zimmer befindet. Als sie aufwärtsfährt, gibt sich ihr der Blick auf den Vorplatz der Rehaklinik frei und sie sieht, dass der Professor gemeinsam mit dem Verwalter in einen großen, schwarzen Jeep einsteigt. Der gehört dem Verwalter, das hat sie früher schon beobachtet. Wo wollen die denn jetzt noch zusammen hin, denkt die Landfrau. Irgendwas stimmt nicht, das fühlt sie deutlich, aber dieser Sache wird sie noch auf den Grund gehen. In Ermittlungen war sie nämlich geübt und wenn erst Ute und Rosi bei ihr sind, dann müssen Ralf und Heinz sich warm anziehen. Sie beginnt laut zu lachen und merkt gar nicht, dass ihre Mitfahrer im Fahrstuhl sie seltsam von der Seite mustern.

Der Brief an Ute und Rosi ist schnell geschrieben. Sie gibt ihn noch vor dem Abendessen an der Rezeption ab und erklärt, es sei ein echter Notfall. Die Rezeptionistin verspricht ihr, dass er morgen früh sofort in die Post geht. Rita ist zufrieden. Auf dem Weg in den Speisesaal trifft sie auf die beiden Schachspieler.

„Die Dame war dann doch schneller weg, als ich gucken konnte“, verrät ihr der Mann, der mit den schwarzen Figuren gespielt hat.

„Na, du hast noch zu lernen“, entgegnet Rita.

„Hast du nicht Lust, mir das Spiel beizubringen?“, schlägt er vor und sein seliges Lächeln beschert der Landfrau einen perfekten Ausblick auf seine dritten Zähne. Seine Worte betont er so intensiv, dass es fast ein wenig unanständig klingt.

„Nee, dazu habe ich keine Zeit und meinem Mann Hans-Hugo wäre das auch gar nicht recht“, kontert sie selbstbewusst und lässt die zwei Männer einfach stehen. Der Mann schüttelt mit dem Kopf und sagt zu seinem Spielpartner: „Die ist ja affig, was hat sie denn zu tun und wo ist denn ihr werter Mann heute am Sonntag?“

Der andere zuckt die Schultern und winkt ab. Im Speisesaal angekommen, steuert Rita zielstrebig auf ihren Tisch zu, Nummer 10. Mit ihr sitzen dort normalerweise drei Frauen, doch heute ist der Tisch verwaist. Rita weiß, dass zwei der Frauen über das Wochenende Besuch von ihren Familien haben. Sie sind bestimmt auswärts essen gegangen, denn schon mittags blieben ihre Plätze leer. Auch der Platz von Ariane bleibt leer. Mit der netten, schwarzhaarigen Fünfzigerin hat sie sich gleich am ersten Tag beim Abendessen angefreundet. Sie haben immer viel Spaß bei den Mahlzeiten. Ariane hat keine Operation hinter sich. Sie ist in die Rehaklinik gekommen, um ihre Seele reparieren zu lassen. Darüber hat sie sofort offen mit Rita gesprochen, die Ursache aber nicht erwähnt. Von Tag zu Tag ist Ariane mehr aufgeblüht. Zum Frühstück kommt sie nie, aber Rita fällt ein, dass sie weder gestern Abend noch heute Mittag zum Essen dagewesen ist. Rita hasst es, allein zu essen, denn das muss sie zu Hause immer. Sie sieht sich im Saal um und vermeidet bewusst den Blickkontakt mit dem Schachspieler. Der sitzt am Nachbartisch und starrt sie an, obwohl sie unhöflich zu ihm gewesen ist. Eine der Servicekräfte serviert wie jeden Abend das kalte Abendbrot. Zwei Scheiben Schwarzbrot, Salami und Käse als Belag. Dazu eine aufgeschnittene Tomate und als Deko etwas Petersilie. Die Margarine liegt abgepackt in einem Körbchen und das gesunde Mineralwasser - ohne Kohlensäure - steht schon in einer Flasche auf dem Tisch. Unterirdisch, denkt Rita, das gleiche Abendbrot seit sieben Tagen, da war es auf dem Kreuzfahrtschiff deutlich abwechslungsreicher gewesen. Dabei hat sie dort auch manchmal gemeckert. Das scheint ihr nun auf hohem Niveau gewesen zu sein.

„Ich kann noch einen Früchtetee anbieten, liebe Frau Lauer", sagt die zugegeben nette Kellnerin.

„Ein Long Island Ice Tea wäre mir lieber", kontert Rita und das junge Mädchen lacht bei dem Gedanken, den Rehabilitanden alkoholische Cocktails zu servieren. Rita deutet auf den leeren Platz und fragt: „Wo ist Ariane? Sie fehlt schon seit gestern Abend?"

„Das ist mir auch schon aufgefallen", gibt die Servicekraft zu, „ich habe in der Küche nachgefragt, da weiß auch niemand etwas. Für gestern Abend hatte sie sich abgemeldet, aber nicht für heute."

Rita nickt und lässt die Bedienung ziehen, sie hat schließlich noch mehrere Tische zu versorgen. Sie denkt über Ariane nach. Warum hat sie ihr gestern Mittag nicht erzählt, dass sie nicht zum Abendessen kommen würde? Ariane spricht doch sonst über alles hier in der Klinik, grübelt die Landfrau. Dabei fällt ihr auf, dass Ariane bisher selten etwas Persönliches preisgegeben hat. Wenn sie etwas erzählt hat, ist es fast immer der übliche Kliniktratsch gewesen. Ob sie mit jemand verabredet gewesen ist? Aber sie kennt doch hier im Vordertaunus außerhalb von Eulenstein niemanden. Jedenfalls hat sie davon bisher nichts erwähnt. Rita denkt an gestern Mittag zurück. Da haben sie sich verabschiedet und Rita hat gesagt: „Bis heute Abend."

Ariane hat nur genickt. Kein Wort hat sie verlauten lassen, dass sie gar nicht kommen würde. Aber vielleicht wusste sie da selbst noch nicht, dass sie am Abend auswärts essen würde? Rita grübelt vor sich hin und kaut ihr Schwarzbrot fast mechanisch. Die Landfrau hofft sehr, dass Ariane nichts Schlimmes passiert ist. Doch was soll einem an diesem langweiligen Ort im Taunus schon Böses widerfahren?

Nach dem Abendessen geht Rita wie jeden Abend noch vor die Tür und läuft ein wenig vor der Klinik auf und ab. Dabei raucht sie zwei bis drei Zigaretten, denn natürlich herrscht auch auf den Zimmern der Klinik striktes Rauchverbot. Auch ihren Lieblingstrick, das Fenster aufzumachen und in ein Glas zu aschen, das mit Wasser gefüllt ist, um hinterher die Zigarettenreste in der Toilette hinunterzuspülen, unterlässt sie seit der ersten Nacht. Obwohl sie bei offenem Fenster geschlafen hat, erklärte ihr die Putzfrau am nächsten Morgen vertraulich, dass man den Rauch im Zimmer riechen würde. Sie hat ihr anvertraut, dass der Chef der Verwaltung in solchen Fällen gern kurzen Prozess machen würde und dass dieser Verstoß gegen die Klinikordnung manch einen Patienten schon richtig Geld gekostet hat. Seitdem hält sich die Landfrau brav an die Vorgaben.

Ihr Blick fällt auf das Schachfeld. Die Dame der schwarzen Figuren liegt am Rand auf dem Boden. Mühsam bewegt sie ihren Gehwagen, bückt sich sehr vorsichtig und hebt sie mit nur einer Hand auf. Die Männer haben sich nicht die Mühe gemacht, nach ihrem Spiel die Figuren wieder auf ihre Ausgangspositionen zu stellen, wie es sich unter normalen Umständen gehört. Letztendlich haben die weißen Figuren den schwarzen König mit dem Turm, dem Pferd und einem simplen Bauern schachmatt gesetzt. Rita beginnt, die Schachfiguren zu sortieren. So hat sie etwas zu tun, kann rauchen und ein wenig die Zeit totschlagen. Die Aufgabe strengt sie körperlich an. Sie beginnt zu schwitzen, trotz der kühlen Abendluft. Zufrieden betrachtet sie eine Weile ihr Werk. Sie sieht auf ihre Armbanduhr - es ist zehn Minuten vor zwanzig Uhr. Sie geht zurück in die Eingangshalle, die bis auf die Damen an der Rezeption leer ist, und fährt mit dem Fahrstuhl hinauf in ihre Etage. Auf ihrem Zimmer angekommen, lässt sie sich schwerfällig auf ihr Sofa gleiten und greift zum hausinternen Kliniktelefon. Ariane hat die Nummer 0401, da sie in Zimmer 401 ein Stockwerk über ihr wohnt. Sie wählt und wartet. Es klingelt und klingelt, aber niemand nimmt ab. Fünf Minuten später versucht sie es noch einmal. Wieder ohne Erfolg. Seufzend rappelt sich Rita wieder auf, greift nach dem Rollator und verlässt ihr Zimmer. Auf dem Flur trifft sie auf die diensthabende Nachtschwester.

„Kann ich Ihnen helfen, Frau Lauer?"

„Zum Getränkeautomat, ich will nur eben zum Getränkeautomat", ist Ritas Antwort.

Dieser befindet sich auf der anderen Seite des Fahrstuhls und so lässt die Schwester Rita ziehen. Am Fahrstuhl angekommen drückt sie den Knopf, um aufwärts zu fahren. Nur kurze Zeit später steht sie vor dem Zimmer 401. Zunächst klopft sie leise an, als sich nichts tut, auch lauter. Schließlich drückt sie die Klinke hinunter und freut sich, dass die Tür nicht verschlossen ist. Sie tritt ein. Ihr Herz klopft bis zum Hals.

„Ariane?", ruft Rita fragend, doch sie bekommt keine Antwort. Sie schließt die Tür hinter sich und blickt sich im Raum um. Das Bett ist gemacht, ein paar Klamotten hängen über dem Stuhl, ansonsten wirkt alles sehr aufgeräumt und ordentlich. Die Tür zum Badezimmer ist angelehnt. Als Rita sie langsam öffnet, gibt sich ihr der Blick auf normale Toilettenartikel und ein paar benutzte Handtücher frei, die aber ordentlich über einer Stange hängen. Sie geht zurück in den Schlafraum und öffnet den Kleiderschrank. Alle Sachen, die Ariane immer trägt, hängen in Reih und Glied im Schrank. Sie rüttelt an der Tür des kleinen Tresors, in dem die Wertsachen aufbewahrt werden. Er ist verschlossen. Ihr Blick wandert zur Garderobe. Diese ist leer. Der schwarze Mantel, den sie immer mit dem türkisen Schal trägt, ist nirgendwo zu entdecken. Seltsam, denkt Rita, wo steckt Ariane bloß?

Gedankenverloren setzt sie sich auf den einzigen Stuhl im Raum und überlegt. Wie kann es sein, dass eine Patientin seit 24 Stunden verschwunden ist und in dieser Klinik merkt es keiner? Abgereist ist sie jedenfalls nicht, denn ihre Sachen sind noch da und auch ihr großer, brauner Koffer steht noch in der Ecke. Rita dreht sich zu dem kleinen Schreibtisch um, doch außer dem Ladegerät von Arianes Handy liegt dort nur ihr Anwendungsplan. Sie nimmt ihn zur Hand. Nach diesem hat Ariane morgen früh um 8 Uhr Wassergymnastik bei Mischa, genau wie sie selbst. Da muss sie jetzt aber langsam mal kommen, findet die Landfrau. Rita entdeckt das Haustelefon und ihr Spürsinn rät ihr, einen Blick auf die Wahlwiederholungsliste zu werfen. Gezielt tippt sie auf dem Telefon, entdeckt aber lediglich, dass Ariane neben ihrer Zimmernummer öfter die 0101 gewählt hat. Das ist die Nummer der Rezeption und nicht ungewöhnlich. Trotzdem wittert die Landfrau, dass hier etwas nicht stimmt. Ihr kriminalistischer Spürsinn ist jedenfalls geweckt. Sie will schon aufstehen, als ihr Blick auf den kleinen, beigen Mülleimer fällt, der unter dem Schreibtisch steht. Er scheint in den letzten vierundzwanzig Stunden nicht geleert worden zu sein. Rita beschließt, ihn zu durchsuchen, viel liegt nicht darin. Sie findet eine Schokoladenverpackung und eine leere Mineralwasserdose. Dann entdeckt sie einen Zettel, der zusammengeknüllt ist. Sorgsam entfaltet sie ihn und streicht ihn auf dem Tisch glatt. Sie erkennt ein großes, gezeichnetes Rechteck, das auf dem Kopf steht. Es ist mit kleinen Quadraten verziert. Daneben ist geschrieben:

19 Uhr ab, 19 Uhr 25 an EPP. 20 Minuten Weg.

Was hat das zu bedeuten? Schnell steckt die Landfrau den Zettel in ihre Hosentasche und verlässt Arianes Zimmer. Vorsichtig späht sie zunächst nach rechts und links, doch der Flur ist leer. Sie fährt mit dem Fahrstuhl wieder in den dritten Stock hinunter. Auf dem Weg in ihr Zimmer trifft sie niemanden. Die Nachtschwester scheint woanders im Einsatz zu sein. Schlafen kann Rita jedoch nicht. Sie dreht sich von einer Seite auf die andere. Falls Ariane morgen nicht auftaucht, wovon sie fast ausgeht, wird sie Himmel und Hölle in dieser Rehaklinik in Bewegung setzen. Für solche Auftritte ist sie berühmt und tief in ihrem Inneren spürt sie, dass hier vermutlich ein neuer Kriminalfall auf eine Lösung wartet. Den Zettel von Ariane hat sie zur Sicherheit in ihrem Tresor eingeschlossen. Er ist momentan das einzige und wichtigste Beweisstück.

Kapitel 2

Bembelschnuude* unter sich

Am Dienstagmittag geht Landfrau Rosi in Wülferode wie jeden Tag zu ihrem Briefkasten. Schon auf dem Weg zurück ins Haus sortiert sie die Post. Die Werbebeilage von Aldi wirft sie noch im Vorgarten in den Altpapiercontainer. Ferner findet sie ihre Telefonrechnung, ein Schreiben ihrer Lebensversicherung, aber ihre Aufmerksamkeit bleibt an einem Brief hängen, auf dem in dicken Großbuchstaben quer über der Vorderseite das Wort H-I-L-F-E steht. Natürlich erkennt sie sofort die Handschrift ihrer Freundin Rita, als sie auf ihre geschriebene Adresse blickt. Neugierig dreht sie den Briefumschlag um und liest als Absender: *Rita aus der Rehaklinik Frankenstein, ich brauche Euch.* Das *Euch* ist dick unterstrichen. Rosi lächelt, denn sie kennt die Freundin und ihre Art, Dinge zu übertreiben und zu dramatisieren, nur zu gut. Im Wohnzimmer angekommen, lässt sie sich auf ihrem bequemen, weinroten Sofa nieder und reißt den Brief voller Ungeduld auf. Sie findet drei eng beschriebene Seiten und vertieft sich in die Lektüre. Nur ab und an nimmt sie einen Schluck Tee zu sich, den sie sich vor dem Gang zum Briefkasten frisch aufgebrüht hat. Je mehr sie liest, desto mehr

* *Apfelweintrinkerinnen*

schüttelt sie mit dem Kopf. Wo ist Rita da bloß gelandet? Die Langeweile der Freundin zu den Osterfeiertagen in der Rehaklinik ist eine Sache, aber ihre Ausführungen über den *Zimmermann und seinen Nagel* und dass sie diese verdächtigt, kriminelle Handlungen zu begehen, eine andere. Rosi versteht, dass Rita ein Geheimnis wittert. Da hat sie in der Vergangenheit immer recht gehabt. Zu dritt, mit Freundin Ute, sind sie schon so mancher Sache auf die Spur gekommen. Und nun ist Rita ganz allein auf sich gestellt. Natürlich braucht sie jetzt Unterstützung. Rosi überlegt. Eigentlich wollte ihr Freund Josef an den Ostertagen zu ihr nach Wülferode kommen. Doch gestern rief er sie an und erklärte mit zerknirschter Stimme, dass der amtierende Pastor mal wieder mit einer Grippe das Bett hüte und er deshalb unabkömmlich sei. So war es auch schon zu Weihnachten gewesen, doch da haben die Freundinnen die Feiertage und den Jahresausklang zusammen in Travemünde verbracht und die Predigt von Josef am ersten Weihnachtstag war eher eine Bereicherung ihres Aufenthaltes gewesen, als alles andere. Rosi hat nach dem Telefonat überlegt, ob sie mit der Bahn nach Travemünde fahren soll, um bei und mit ihm an den Feiertagen zusammen zu sein. Zum Jahresausklang war aus ihnen ein Liebespaar geworden, doch das hielten sie vor den Freunden noch geheim. Rita ahnt zwar etwas und ihre junge Freundin Ina hat sogar einen Kuss zwischen ihr und Josef beobachtet, doch sie haben ihre Beziehung aufgrund der turbulenten Ereignisse rund um den Travemünder Jahresausklang im letzten Jahr erst mal verschwiegen. Öffentlich machen wollen sie das im Mai, wenn sich alle mit den übrigen ehemaligen Weltreisenden auf Sylt wiedertreffen. Rita braucht uns jetzt, denkt Rosi, und das geht erst mal vor. Aufgeregt wählt sie die Telefonnummer von Kalli und Ute in Travemünde. Ute geht zum Glück schon nach dem zweiten Klingeln ran. Nachdem Rosi ihrer Freundin den Brief von

Rita vorgelesen hat, dringen die ersten drei Minuten wahre Lachsalven an Rosis Ohr. „Ute, hallo, Ute", versucht sie ein um das andere Mal die Freundin zu beruhigen.

Doch diese kann sich nicht beherrschen. Schließlich geht ihr Lachanfall in einen heftigen Husten über. Rosi trommelt inzwischen sehr genervt mit den Fingern auf der Glasplatte ihres Wohnzimmertisches herum.

„Kalli, bring mir bitte mal ein Glas Wasser", ruft Ute ihrem Lebensgefährten zu. Dieser erfüllt ihren Wunsch prompt. Rasch trinkt Ute ein paar große Schlucke, während dieser in den Hörer ruft:

„Moin, Rosi, steht Wülferode noch?"

„Ja, ja", ist Rosis Antwort.

Sie mag Kalli wirklich gern, aber jetzt ist keine Zeit für Smalltalk, Lach- oder Hustenkrämpfe. Rita braucht ihre Hilfe und zwar bald.

„Ute?"

„Ja", vernimmt Rosi die Stimme ihrer Freundin nun klar und deutlich.

„Fahren wir also in den Taunus und besuchen Rita über die Ostertage?"

„Sicher, wenn Ritas Brief auch wie der Auftakt zu einem Krimi klingt. Wir vertreiben ihr die Langeweile und decken das schreckliche Geheimnis der Rehaklinik auf, in dem ein Zimmermann und sein Nagel die Hauptrollen spielen. Sie sind im Grunde kriminell."

Ute beginnt schon wieder zu glucksen vor Lachen und Kalli ruft aus dem Hintergrund: „Soll ich dir nicht lieber einen Sekt bringen, wo ihr es gerade so lustig habt?"

„In der Rehaklinik ist bestimmt Alkoholverbot, lass mal lieber, da muss ich schon mal üben", schreit Ute zurück und fängt wieder an zu johlen.

Rosi schüttelt mit dem Kopf und fragt: „Also, wann holst du mich ab, Ute? Kannst du mit Kallis alter Kiste fahren?

Wir sollten morgen schon starten, bevor der Feiertagsverkehr am Donnerstag beginnt."

Die Freundin überlegt kurz und antwortet: „Gut, ich beginne gleich zu packen. Die Woche darauf am Mittwoch fahren wir aber spätestens wieder zurück, oder? Bis dahin sollten wir alle Zimmermänner und Nägel im Griff haben."

Wieder beginnt Ute herzhaft zu lachen und ruft an ihren Freund gewandt: „Kalli, Rita braucht uns in der Rehaklinik, ich kann doch mit deinem Auto über Ostern in den Taunus fahren?"

Kalli kennt seine Ute inzwischen viel zu gut. Sie würde nicht fragen, wenn es nicht erforderlich wäre. Er lehnt sich gemütlich in seinem Sessel zurück und meint: „Wenn es die Karre noch durch die Kasseler Berge schafft, meinen Segen habt ihr."

Genüsslich streckt er seine Beine aus und beginnt zu überlegen, was er allein mit den freien Tagen anfangen sollte. Vielleicht könnte er gemeinsam mit seinen Freunden Josef und Hans-Hugo ein paar Tagessegeltouren mit der *Gerlinde* auf der Ostsee unternehmen. Das wäre so wie früher, als sie die Landfrauen noch nicht gekannt haben. Dies scheint ihm eine gute Idee zu sein und er beginnt, sich trotzdem auf die bevorstehenden Osterfeiertage zu freuen, wenn ihm Ute natürlich auch fehlen wird.

„Prima", befindet Rosi, die natürlich alles mitgehört hat.

„Ist dir schon aufgefallen, dass Kalli gar nicht mehr Platt spricht?", trompetet Ute in den Hörer und ein gewisser Stolz liegt in ihrer Stimme.

„Na, mich hat der lokale Dialekt nie gestört", gibt Rosi zu.

„Nee, aber Rita", weiß Ute und kichert schon wieder.

„Ja, um Rita geht es jetzt", versucht Rosi wieder die Kurve zu bekommen. „Ich reserviere uns jetzt gleich telefonisch in diesem Hotel Restaurant zum Taunus in Eppstein ein Doppelzimmer. Das hat Rita empfohlen. Dann rufe ich in der

Klinik Eulenstein an, wir starten ja morgen, da kommt kein Brief mehr rechtzeitig an. Rufst du mich morgen früh noch mal an und sagst mir, wann du in Travemünde losfährst?"

„Okay", antwortet Ute, „so machen wir das. Und beste Grüße auch von mir an Mister Frankenstein. Wir sollten uns wirklich mal alle Handys zulegen und mit der Zeit gehen, dann ist die Kommunikation viel einfacher."

Einen Augenblick herrscht Schweigen in der Leitung, dann meint Ute: „Ich hoffe, Kallis alte Kiste schafft es wirklich durch die Kasseler Berge."

„Bestimmt", pflichtet Rosi bei und legt auf.

Rosi schüttelt erneut den Kopf. Den Heiterkeitsausbruch von Ute versteht sie nicht wirklich. Rita hat schließlich um Hilfe gerufen! Das würde sie nicht tun, wenn es nicht nötig ist. Seitdem Ute vor einem halben Jahr zu Kalli nach Travemünde gezogen ist, ist sie ihr manchmal fremd geworden. Schließlich greift Rosi erneut zum Telefon, um ihren Freund Josef in Travemünde anzurufen. Er muss schließlich auch über ihre Pläne informiert werden. Er ist sofort am Apparat und wie immer sehr verständnisvoll. Natürlich müssen Ute und Rosi zu Rita fahren. Das würde der Freundin bestimmt helfen. Aber, Rosi soll bloß vorsichtig sein und gut auf sich aufpassen, denn er kennt Rita und ihren Aktionismus nur zu gut, wenn diese etwas Ungewöhnliches wittert. Rosi verspricht es und die zwei tauschen noch ein paar zärtliche Worte, bevor sie auflegt. Nicht mal vierundzwanzig Stunden sind es bis zur Abreise, da muss noch viel erledigt werden.

„Wieso fährst du denn ganz rechts?", will Rosi von Ute wissen. Sie sind seit gut einer Stunde auf der Autobahn gen Eppstein unterwegs und die Freundin hat sich seit mindestens fünfzehn Minuten hinter einen großen LKW gehängt.

„Die Kasseler Berge beginnen", meint Ute seelenruhig, „ich will kein Risiko eingehen. Kallis Golf ist letzten Monat zwanzig Jahre alt geworden und es grenzt an ein Wunder, dass er immer noch fährt."

Langsam, aber stetig geht es vorwärts. Rosi bestaunt die großen und hohen Brücken, die sie passieren. Sie ist froh, dass Ute fährt, denn sie selbst würde sich so eine weite Fahrt über die Autobahn in ihrem Alter nicht mehr zutrauen. Einen Führerschein hat sie natürlich, doch früher fuhr meistens ihr Mann. Er hatte als Berufskraftfahrer auch mehr Routine. Nach einer weiteren halben Stunde biegt Ute auf den Parkplatz Herkulesblick ab, der nicht nur eine schöne Aussicht auf das Denkmal, sondern auch auf die Stadt Kassel bietet. Die Freundinnen packen ihre mitgebrachten Picknickkörbe aus dem Kofferraum. Ute hat kleine Frikadellen dabei, die sie gestern Abend noch gebraten hat. Rosi steuert ihren berühmten Kartoffelsalat dazu. Zum Trinken gibt es Orangensaft und Kaffee aus der Thermoskanne, der glücklicherweise noch warm ist. Ute hat sogar daran gedacht, Senf mitzubringen. Als Nachtisch gibt es selbstgebackene Waffeln von Rosi. Eine Weile kauen die Landfrauen, ohne ein Wort zu wechseln. Dann fragt Ute:

„Hast du denn Rita gestern telefonisch erreicht?"

Rosi schüttelt mit dem Kopf und antwortet: „Nein, sie war nicht auf dem Zimmer, weil sie irgendeine Anwendung hatte. Ich wurde dann zur Rezeption zurückgestellt und habe die Dame am Empfang gebeten, es ihr auszurichten. Sie weiß also, dass wir auf dem Weg sind, um ihr zu Hilfe zu eilen."

Nachdenklich blickt Ute in ihr Orangensaftglas.

„Ist was?", hakt Rosi nach, die ihre Freundin so schweigend gar nicht kennt. Ute windet sich hin und her und rutscht auf der Holzbank herum.

„Na ja, irgendwie finde ich es schon doof, Kalli zu Ostern allein zu lassen."

„Aber, ihr habt euch doch jetzt jeden Tag, seitdem du nach Travemünde gezogen bist", gibt Rosi zur Antwort.

„Ja, schon, aber gerade zu den Feiertagen ist das blöd."

„Ich verstehe das schon", sagt Rosi, „aber Rita braucht uns jetzt."

„Ist ja auch okay", ist Utes Antwort, die Rosi irgendwie zu schnell kommt, „wollen wir weiter?"

Rosi betrachtet Ute von der Seite. Sie fühlt förmlich, dass diese etwas auf dem Herzen hat, aber noch ist es vermutlich zu früh. Sie werden die nächsten Tage eng zusammen sein, da wird sie mit Sicherheit herausfinden, was Ute wirklich auf der Seele liegt. Es kann doch nicht allein das entgangene Osterfest mit Kalli sein. Nachdem sie ihre Sachen wieder im Kofferraum des Golfs verstaut haben, deutet Ute auf die Raststätte und sagt:

„Ich gehe noch mal zu Tante Meier und dann rufe ich von drinnen Kalli an, da wird es ja sicher eine Telefonmöglichkeit geben."

„Ja, grüß schön", ist Rosis Antwort.

Sie lächelt dabei, weil ihre Freundin den altertümlichen Ausdruck *Tante Meier* verwendet. Sie erinnert sich an die Zeit, als sie noch ein kleines Mädchen war und ihre Oma ihr mitteilte, dass sie zu Tante Meier ginge. Entsetzt hatte sie die Großmutter angesehen und sie hatte Angst, dass diese sie allein ließe. An diesem Abend lernte sie, dass ein Gang zu Tante Meier einen Besuch auf der Toilette bedeutete. Nun, das war über sechzig Jahre her. Manchmal kann Rosi es nicht fassen, dass sie nun schon so alt ist. Sie öffnet die Beifahrertür des Golfs und blickt auf die Rückbank. Dort sieht sie eine Möwe aus Plüsch sitzen. Diese hat sie bei ihrem Einstieg in Wülferode gar nicht bemerkt. Die Möwe hat kullerrunde, schwarze Augen und einen langen, gelben Schnabel. Auch ihre patschigen

Füße sind von gelber Farbe. Neugierig nimmt sie das Tier in die Hand und streichelt ihm liebevoll über den Schnabel. Die Möwe fühlt sich weich an. Auf dem Kopf hat sie einen kleinen, weißen Haarbüschel, den Rosi liebevoll zu frisieren versucht. Einige Minuten später tritt Ute aus der Raststätte und lacht, als sie Rosi mit dem Tier in der Hand erblickt.

„Die ist mein Geschenk für Rita, damit sie nicht so allein ist in dieser Rehaklinik“, ruft sie und kichert endlich mal, wie es ansonsten so ihre Art ist.

„Eine Möwe?“, staunt Rosi, „aber Rita gingen die Möwen an der Ostsee doch auf die Nerven.“

„Diese bestimmt nicht“, meint Ute und nimmt der Freundin das Plüschtier aus der Hand. Sie dreht es um und betätigt einen Schalter. Dann richtet sie es wieder auf und sagt an die Möwe gewandt: „Hallo, Rosi.“

„Hallo Rosi“, gibt die Möwe von sich und trifft Utes Stimmlage hervorragend. Dabei wackelt sie ein wenig mit dem Kopf.

Rosi beginnt zu lachen und die Möwe wiederholt ihr Lachen ein wenig zeitversetzt.

Nun schreit auch Ute los vor Freude und es dauert ein wenig, bis sich die Freundinnen wieder normal unterhalten können. Einige Passanten bleiben stehen und schütteln über die Frauen den Kopf. Es stört sie nicht.

„Das ist eine Labermöwe, die spricht alles nach, was du sagst“, erklärt Ute.

„Toll“, findet Rosi und befühlt liebevoll die kleinen Zehen. „Ein perfektes Geschenk für Rita.“

„Ja, oder?“, strahlt Ute. „Ich habe sie in Travemünde in einem Laden in der Vorderreihe gefunden und ich wusste, sie muss zu Rita.“

Rosi nimmt der Freundin die Möwe aus der Hand und wiegt sie eine Weile in der Hand hin und her. Der Vogel schaut sie, wie es ihr vorkommt, neugierig an.

„Ob sie auch Hans-Hugo sagen kann?“, fragt Rosi mit einem schelmischen Ausdruck im Gesicht.

„Die kann alles sagen“, lacht Ute, „auch Rehaklinik, Frankenstein, Zimmermann, Nagel und was Rita sonst noch will.“

Rosi lehnt sich gegen das Auto, haut sich auf die Schenkel und kann sich vor Freude kaum einkriegen.

„Komm, wir wollen weiter“, meint Ute, „die Möwe kann bei dir vorn sitzen.“

Immer noch lachend steigt Rosi ein, schnallt sich an und setzt das sprechende Plüschtier, das aber nun in den Schweigemodus geschaltet ist, auf die kleine Ablage vor dem Beifahrersitz. Ute kichert wieder fröhlich vor sich hin. Die gute Laune und Unbeschwertheit, die sonst immer unter den Landfrauen herrscht, scheint wieder hergestellt zu sein.

Hinter Kassel hat sich leider aufgrund von zahlreichen Baustellen ein langer Stau gebildet, in den sie trotz der aktuellen Verkehrsnachrichten, die sie aufmerksam hören, hineingeraten. Sie stehen fast eine Stunde auf der gleichen Stelle, während Polizei- und Rettungswagen an ihnen vorbeifahren und sich mühsam eine Gasse durch die parkenden Fahrzeuge bahnen.

„Himmel, Himmel, Himmel“, meint Rosi, „warum gibt es nur so viele Autos? Und warum haben die immer noch nicht gelernt, wie die Rettungsgasse geht?“ Ute nickt beipflichtend. Kopfschüttelnd beobachtet sie, wie einige Fahrzeuge auf dem Standstreifen an ihnen vorbeibrausen, um in der nächsten Ausfahrt die Abfahrt zu nehmen, die aber noch zwei Kilometer entfernt ist.

„Das ist verboten“, weiß Landfrau Rosi, trotz ihrer wenigen Fahrpraxis.

„Rita hätte die sicher schon alle angezeigt“, gluckst Ute.

„Hundertprozentig“, meint Rosi.

Aus Langeweile greift sie zur Möwe und betätigt den Schalter. Das Stofftier bewegt sich. Rosi lacht, die Möwe auch, mit ihrer Lache.

„Rita liebt Hans-Hugo", flüstert Ute und die Möwe wiederholt ihre Aussage mit leicht verzerrter Stimme.

„Ob Hans-Hugo auch Rita liebt?", fragt Rosi.

„Hans-Hugo auch Rita liebt", plappert die Möwe nach und wackelt wieder ein wenig mit dem Schnabel.

Wieder beginnen die Frauen zu lachen und die Möwe stimmt ein.

„Das wird noch ein Thema werden auf Sylt", freut sich Ute.

Kurze Zeit später kommt endlich Bewegung in den Stau und die Autos vor ihnen beginnen langsam zu rollen.

Am späten Nachmittag erblicken die Landfrauen endlich die Skyline von Frankfurt am Horizont. Die Hochhäuser scheinen bis in den Himmel hinaufzuragen und der Sonnenschein lässt sie auf die Entfernung hin silbern glitzern.

„Beeindruckend", findet Rosi, „so muss New York aussehen."

„Da gibt es, glaube ich, noch viel mehr Türme", mutmaßt Ute. Jetzt noch eine halbe Stunde ungefähr, dann sind wir in Eppstein", freut sie sich und Rosi beginnt die Melodie des Liedes *Ich war noch niemals in New York* zu summen.

„Vergiss nicht San Francisco und Hawaii", meint Ute gut gelaunt.

„Noch mal eine Kreuzfahrt um die Welt, aber auf der Nordhalbkugel, das wäre es", seufzt Rosi.

„Das ausgerechnet von dir zu hören", wundert sich Ute, „du warst doch froh, als wir nach mehr als 115 Tagen wieder zu Hause in Wülferode waren."

„Stimmt", gibt Rosi zu, „aber je länger unsere Reise her ist, desto mehr begreife ich erst, was wir dort alles erlebt haben."

Ute nickt beipflichtend. „Na, noch mal gewinnen wir nicht so schnell im Lotto, dass es für so eine Reise reicht. Und vier Monate lang möchte ich Kalli auch nicht wieder allein lassen."

Rosi denkt an Josef und pflichtet ihrer Freundin in Gedanken bei. Die Weltreise war aufregend gewesen, aber ihr Leben danach bietet ihr auch noch sehr viel.

Ute setzt den Blinker des Autos und biegt nach rechts Richtung Bad Homburg ab.

„Wenn wir angekommen sind, dann brauche ich erst mal ein großes Bier zur Erfrischung."

„Oh, ja", freut sich Rosi und klatscht vor Freude in die Hände.

Eher gemächlich geht es auf der Bundesstraße in Richtung Eppstein zu. Der Feierabendverkehr hat schon eingesetzt. Sie passieren Kronberg und schließlich den Opel-Zoo kurz vor Königstein. Aufgeregt deutet Rosi auf ein großes Plakat, auf dem Pinguine abgebildet sind.

„Ob wir Zeit haben werden, den Zoo zu besichtigen?", seufzt sie mit sehnsuchtsvoller Stimme. Die Pinguine sind ihre Lieblingstiere auf der großen Reise geworden.

„Mal sehen", meint Ute und schreit dann laut auf.

Vor ihnen türmt sich ein riesengroßer, teilweise dreispuriger Kreisverkehr auf. Doch die Landfrau behält die Nerven und lenkt den Golf sicher aus der dritten Ausfahrt. Die Straße neigt sich abwärts ins Tal, um dann gleich wieder steil bergauf durch einen ganz kleinen Ort mit engen Gassen zu führen. Hier sind Utes Fahrkünste absolut gefordert. Im Norden Deutschlands sind alle Straßen fast geradlinig. Schließlich gelangen sie in ein Waldstück. Ute gibt Gas, doch Rosi ermahnt sie, die Geschwindigkeit zu drosseln. Sie weist auf ein Schild am Wegrand, dass die Anzahl der Wildunfälle zählt, die hier seit Jahren passiert sind. Und sie zeigt auch auf die zahlreichen stationären Blitzer. Nach mehreren

Kurven erreichen sie das Ortseingangsschild von Eppstein. Kallis Golf rumpelt über Kopfsteinpflaster und beide Frauen bestaunen die alten Fachwerkhäuser und vor allem die Burgruine, die sich hoch über ihnen erhebt. Schließlich erreichen sie einen größeren Platz und Rosi ruft:

„Da, halt an, da vorne ist das Hotel zum Taunus, unser Quartier."

„Wo soll ich denn hier parken", flucht Ute und fährt kurzer Hand rechts an den Bürgersteig. Sie erspäht eine große Terrasse, wo im Sommer bestimmt Mobiliar steht, doch auf den Bürgersteig hinaufzufahren, traut sie sich nicht. Der Kantstein ist eindeutig zu hoch für Kallis tiefergelegten Golf. Ute stellt den Motor aus und meint: „Wir gehen eben schnell rein und fragen, das Hotel hat bestimmt irgendwo Parkplätze."

Rosi stimmt zu. Als sie sich nach der langen Fahrt ein wenig schwerfällig aus dem Auto hieven, bemerken sie erst richtig die Schönheit dieses Ortes. Direkt vor ihnen liegt ein kleiner Platz. Wernerplatz steht auf einem Schild. Auf der Seite, wo sie geparkt haben, sehen sie eine Zeile, die aus mehreren Fachwerkhäusern besteht und in der sich Restaurants und ein Geschäft befinden. Neugierig lugt Rosi in den Laden. Es handelt sich um eine Boutique und im Schaufenster sind bunte Pullover und handbestickte Taschen ausgestellt. Die Tür des Ladens öffnet sich und eine dunkelhaarige Frau tritt hinaus. In ihrer Hand hält sie ein Päckchen Zigaretten und ein Feuerzeug. Rosi grüßt und die Frau nickt freundlich zurück.

„Schau mal, Ute", ruft Rosi über ihre Schulter, „was für schöne Klamotten es hier gibt."

Die Freundin kommt neugierig näher. Die Frau streicht sich eine Haarsträhne aus dem Gesicht und meint: „Na, Sie sind ja auch hier bei *Schoenesundmehr*."

Die beiden Landfrauen sehen sie fragend an.

„Das ist der Name meines Ladens."
Ute und Rosi lachen los und klopfen sich an die Stirn.
„Wir sind Ute und Rosi aus Wülferode", stellt Ute die Freundinnen gleich vor.
Rosi drückt sich fast die Nase am Schaufenster platt, sie hat einen bunten Gürtel gesehen, der sie mehr als begeistert. „Ist der schön", sagt sie und zieht das Wort schön unendlich in die Länge. Die Frau lächelt, stellt sich als Diana vor und lädt die Frauen ein, doch morgen mal in ihrem Geschäft vorbeizuschauen. Es gebe auch immer Kaffee oder Prosecco. Dann zeigt sie auf das Parkverbotsschild und flüstert: „Hier können Sie mit dem Auto aber nicht stehen bleiben. Das Ordnungsamt der Stadt achtet sehr genau auf Falschparker in unserer kleinen Stadt."
Ute deutet auf das Gasthaus und meint: „Wir wohnen ab heute da. Jetzt checken wir schnell ein und dann parke ich um."
„Ja, aber beeilen Sie sich", rät Diana.
Im Eilschritt überqueren die Landfrauen die kleine Gasse und steigen die wenigen Stufen zum Eingang des Hotels empor.
„Wie nett die hier sind", findet Rosi. Eins steht schon fest, ohne den Gürtel wird sie keinesfalls nach Hause fahren.

Sie betreten den Gastraum, der größer als gedacht ist. Am Tresen, der auch als Check-in dient, strahlt ihnen freundlich ein Mann entgegen.
„Die Damen aus Wülferode und Travemünde, nehme ich an", grüßt er freundlich. „Ich bin der Wirt." Die Frauen bejahen.
„Sie bekommen Zimmer 10, das hat Burgblick", meint er und lächelt äußerst charmant.
Ute beginnt zu kichern und Rosi antwortet schnell: „Das ist ja wunderbar, danke."

Dann erkundigt er sich nach der Anreise und als er hört, dass sie mitten im Halteverbot parken, bietet er an, ihnen beim Ausladen des Gepäcks zu helfen. Zerknirscht gibt er zu, dass er nur einen Parkplatz hat und der schon besetzt sei. Zunächst herrscht ein wenig Ratlosigkeit, doch dann bietet er an, den Wagen am nahe gelegenen Bahnhof für die Landfrauen zu parken. Dort hätten sie nämlich über zweihundert kostenfreie Parkplätze. Die Landfrauen, die doch ein wenig müde sind, nehmen sein Angebot gern an. Gemeinsam laden sie aus, Rosi versenkt die Möwe kurzer Hand in ihrer Handtasche und der Wirt zeigt ihnen das Zimmer im ersten Stock. Es ist modern eingerichtet und sehr geräumig. Es gibt einen kleinen Wohnbereich, von dem eine Toilette und das Bad abgehen. Vom Schlafzimmer aus haben sie einen herrlichen Blick auf die alten Mauern der Burg. Dann verabschiedet sich der Mann, nicht ohne auf das leckere Abendessen in seinem Restaurant hinzuweisen und verspricht, den Wagen zum Bahnhof zu fahren. Ute überreicht ihm den Wagenschlüssel. Auf dem Zimmer angekommen beginnt Rosi, ihren Koffer auszupacken, während Rita sich müde auf das große Doppelbett fallen lässt.

„Willst du nicht auspacken?“, fragt Rosi und nimmt die Möwe aus der Tasche. Sie frisiert sie erneut und stellt sie auf die kleine Kommode.

„Später“, stöhnt Ute, „ich brauch ein Bier.“

„Aber müssen oder wollen wir nicht noch zu Rita fahren?“, gibt Rosi zu bedenken.

„Heute noch?“, fragt Ute und sieht ihr ersehntes Bier in weite Ferne rutschen.

„Das müssen wir doch“, findet Rosi. „Ich rufe mal in der Klinik an.“

„Mach das“, gähnt Ute, rappelt sich langsam hoch und verschwindet ins angrenzende Badezimmer, um sich nach der Fahrt ein wenig frisch zu machen. Als sie wieder herauskommt, sieht sie Rosi am Fenster stehen. Langsam dreht diese sich um.

„Rita ist nicht da“, piepst sie.

„Was ist sie? Nicht da?“, schreit Ute los. „Da fahre ich 600 Kilometer, um meiner Freundin an Ostern die Zeit zu vertreiben, und sie ist nicht da?“

„Ich hatte die Zentrale dran. Sie haben versucht, auf ihr Zimmer durchzustellen. Da ging niemand ran und dann haben sie einen Ausruf im Speisesaal und den Gesellschaftsräumen gemacht. Zweimal. Aber Rita hat sich nicht gemeldet.“

Ute schüttelt fassungslos den Kopf.

„Wenn ihr nun auch was passiert ist“, gibt Rosi zu bedenken und in ihrer Stimme schwankt Sorge.

Ute zieht ihre Schuhe an, die sie vorhin unter das Bett gekickt hat und meint: „Ich brauch jetzt ein Bier, nein besser zwei und ein Korn wäre auch nicht schlecht, dann sehen wir weiter.“

Ergeben trottet Rosi hinter ihr her. Sorgsam verschließt sie die Tür des Hotelzimmers und die Freundinnen steigen die Treppe zum Restaurant im Erdgeschoss hinunter.

Als sie in die Gaststube eintreten, erwartet der Wirt sie schon am Tresen und klappert mit dem Autoschlüssel.

„Da sind sie ja, das Auto ist sicher am Bahnhof geparkt. Kommen sie mit, sie werden schon erwartet.“

Erstaunt sehen sich die Landfrauen an. Als der Hausherr sie um die Ecke führt, trauen sie ihren Augen nicht. Sie sehen ihre Freundin Rita an einem der Tische sitzen. Neben ihr lehnen zwei Krücken. Sofort schießen sie auf die Freundin los, die versucht, sich mühsam aufzurichten.

„Ritaaaaaa“, schreit Ute und alle Gäste im Lokal drehen sich zu ihnen um. Sie drückt die Freundin so fest, dass diese kaum noch Luft bekommt. Rosi beginnt zu weinen und sagt unter Tränen:

„Bleib doch sitzen, Liebes."

Nach weiteren innigen Umarmungen und Küssen kommen die Frauen endlich zur Ruhe.

„Wie kommst du denn hierher?", will Ute wissen.

„Mit dem Taxi, ich muss euch doch begrüßen", ist Ritas Antwort und sie wischt sich eine Freudenträne aus dem Auge.

„In der Klinik weiß niemand, wo du bist", gibt Rosi zu bedenken.

„Ha", lacht Rita, „kein Wunder, ich bin mit einem Taxi getürmt. Das holt mich später auch wieder ab."

„Ist das denn erlaubt, abends auszugehen?", wirft Ute ein.

Rita kommt um die Antwort herum, denn der Wirt ist am Tisch erschienen und stellt eine große, blaugraue Karaffe auf den Tisch. Dazu drei Wassergläser, die ein Rautenmuster tragen.

„Was ist das denn?", fragt Ute und denkt sehnsuchtsvoll an ihr Bier.

„Äppelwoi", erklärt der Hausherr, „der Bembel geht auf mich."

„Wie? Wer?", fragt Rosi.

„Apfelwein", sagt der Wirt, „das ist unser hessisches Nationalgetränk, braucht ihr Wasser dazu?"

„Ist da Alkohol drin?", will Rita wissen.

Der Mann bejaht.

„Dann schenk bloß schnell ein, in dieser verdammten Rehaklinik herrscht nämlich striktes Alkoholverbot."

Ute und Rosi beginnen herzhaft zu lachen. Der Wirt freut sich mit und schenkt die Gläser randvoll. Interessiert befühlt Rosi das Muster im Glas.

„Gerippte heißen die", meint er.

Die Landfrauen probieren erst zaghaft, dann nehmen sie alle einen großen Schluck.

„Genauso erfrischend wie ein Bier", findet Ute.

Rita, die ihr Glas schon vollständig geleert hat, bedeutet ihm nachzuschenken und ruft: „Bring mal direkt noch einen B-e-m-b-e-l, der geht auf mich."

Der Wirt teilt den Rest auf und kehrt nur wenige Minuten später mit einem neuen Krug zurück. Eifrig verteilt er die Speisekarten. Plötzlich kommt ein Mann auf den Tisch der Landfrauen zu und sagt etwas zum Hausherrn in einem derart regionalen Dialekt, dass die Landfrauen kein Wort verstehen. Der Mann schwankt leicht und verströmt beim Sprechen eine eindeutige Alkoholfahne. Der Wirt antwortet in der hessischen Mundart.

„Was wollte der denn?", hakt Rita nach und sieht dem Mann, der nun auf den Ausgang zuwankt hinterher.

„Ach, das ist ein typischer Fall von Labbeduddel. Den und sein Geschwätz darf man nicht für vollnehmen."

„Ich habe sowieso nichts verstanden", gibt Rosi zu.

„Was heißt denn Labbeduddel?", hakt Ute sehr interessiert nach.

Der Gastwirt lacht laut auf. „Na, so ein Hannebambel eben."

Die drei Frauen blicken ihn fragend an.

Ein Mann am Nachbartisch, der interessiert das Gespräch am Nachbartisch angehört hat, mischt sich ein: „Ein Labbeduddel oder Hannebambel bezeichnet im Hessischen einen einfältigen oder auch energielosen Menschen."

Die Speisekarten werden verteilt.

Die Frauen wählen nach kurzer Überlegung einheitlich Schweineschnitzel Jäger Art mit Pommes und Salat. Bis das Essen kommt, schaffen sie tatsächlich noch den zweiten Bembel und der Wirt ist sehr begeistert über diese trinkfreudigen Damen.

„Die sind hier alle so nett in Eppstein“, säuselt Rosi bereits, „mich erinnert das alles an die Sendungen von früher im Fernsehen. Ihr wisst schon der *Blaue Bock* mit Heinz Schenk, na, das waren noch Zeiten. Wie jung ich damals war!“

„Im Blauen Bock, beim Äppelwoi, da lass dich ruhig nieder“, beginnt Ute lauthals die Melodie der erfolgreichen Fernsehsendung zu singen, die sie natürlich auch kennt. Ihr ersehntes Bier scheint sie vergessen zu haben.

„Von wegen, die sind hier alle nett“, unterbricht Rita die Heiterkeit. „Es ist gut, dass ihr da seid, denn oberhalb dieser Stadt wurde am Samstagabend eine Frau vor dem Neufville-Turm mit einem Strick erdrosselt. Habe ich in der Zeitung am Dienstagmorgen gelesen.“

Rosi spuckt vor Schreck eine Tomate von dem Salat quer über den Tisch. Ute lässt ihr Besteck sinken und schaut Rita sprachlos an.

„Wie bitte?“, fragt sie schließlich, „in dieser idyllischen Landschaft?“

Rita kippt ihr nächstes Glas Äppelwoi hinunter und genießt sichtbar die Spannung der Freundinnen. Rosi versucht, mit ihrer Serviette den Rest der Tomate von der Tischdecke zu wischen, ohne Flecken zu hinterlassen. Es gelingt ihr jedoch nicht.

Da sie nicht allein in der Gaststätte sind, flüstert Rita den Freundinnen zu:

„Doch, das könnt ihr mir glauben. Es handelt sich dabei garantiert um meine Mitrehabilitandin Ariane. Die ist jetzt mausetot. Sie verschwand nämlich in der besagten Samstagnacht und ist bis jetzt nicht wieder aufgetaucht. Die Polizei war deshalb schon heute Morgen in der Klinik. Ich hatte sie am Montagabend anonym telefonisch verständigt, als

Ariane wieder nicht zum Essen kam. Und wenn ihr mich fragt, der Zimmermann und sein Nagel aus der Rehaklinik Eulenstein, ihr wisst schon aus meinem Brief, stehen nach meiner Meinung unter dringendem Tatverdacht. Die haben was zu verbergen. Sie waren am Sonntag in der Klinik und waren so aufgeregt und taten geheimnisvoll."

„Ist es denn bestätigt, dass die ermordete Frau von dem Turm und die Ariane ein und dieselbe Person sind?", hakt Rosi nach.

„Die Gespräche fanden leider am nächsten Tag natürlich hinter verschlossener Tür mit dem Zimmermann und seinem Nagel statt. Danach sind die Beamten gegangen, ich konnte alles von der Eingangshalle aus genau beobachten. Heute Morgen bin ich in den vierten Stock gefahren und in Arianes Zimmer gegangen. Es war nicht verschlossen und alle ihre Sachen sind zusammengepackt."

„Ein neuer Fall für uns", folgert Ute sachlich und trinkt einen großen Schluck Apfelwein.

„Aber, wir haben noch nie einen richtigen Mörder gejagt", gibt Rosi zu bedenken und ihre Wangen färben sich vor Aufregung ganz rot.

„Vielleicht unser erster echter Kriminalfall", bestätigt Rita, „aber das gehen wir an, oder?"

Ute und Rosi nicken und gemeinsam stoßen sie mit dem Rest des Apfelweins aus Bembel Nummer drei an. Rita kramt derweil den Zettel aus ihrer Handtasche, den sie in Arianes Zimmer fand und sagt mit triumphierender Stimme:

„Bevor die Polizei kam, habe ich schon am Sonntagabend aus Arianes Zimmer ein wichtiges Beweisstück aus dem Mülleimer gesichert."

Ute und Rosi blicken auf das Geschreibsel und runzeln die Stirn.

„Und was könnte das heißen?", piepst Rosi.

Rita setzt eine verschwörerische Miene auf. „Ich brauchte eine Weile, aber ich bin mir sicher, dass es die Fahrzeit der S-Bahn ist: 19 Uhr ab Eulenstein, 19:25 Uhr an Eppstein. Epp steht für Eppstein. 20 Minuten Weg beträgt wohl die Zeit, um zum Neufville-Turm hinaufzusteigen vom Bahnhof aus. Den S-Bahn-Plan habe ich überprüft, das stimmt. Ich habe dann meinen Therapeuten Mischa harmlos gefragt, wie lange man vom Bahnhof aus hinauf auf den Turm benötigt. Er hat 25 Minuten geschätzt und mir aber gleich gesagt, dass ich für so einen Ausflug noch nicht fit genug bin."

„Eine wunderbare Vorarbeit, liebe Rita, jetzt glaube ich auch, dass nur deine Ariane hier als Opfer in Frage kommt", befindet Ute.

Rita nickt zustimmend und lächelt trotz der traurigen Erkenntnis. Sie ist froh, dass ihre Freundinnen nun da sind und ist sich sicher, dass dieses Osterfest nun garantiert nicht langweilig werden wird.

Später in der Nacht wird Rosi wach. Der Mond fällt durch einen kleinen Spalt in der Gardine in ihr Zimmer. Sie blickt hinüber zu Ute und sieht, dass diese tief und fest schläft. Ihr Brustkorb hebt und senkt sich. Rosi überlegt, was sie geweckt hat. Dann fällt es ihr ein, es war ein Knall. Ob sie das nur geträumt hat? Rosi hängt die Beine aus dem Bett und steht auf. Sie blickt aus dem Fenster. Es ist mitten in der Nacht und draußen ist es nebelig. Sie kann kaum die Häuser gegenüber sehen, dafür aber einen Mann, der eilig über den Wernerplatz läuft. Er trägt dunkle Kleidung und hat eine Kapuze auf dem Kopf. Langsam schlurft sie in Richtung Badezimmer und benutzt die Toilette. Wieder hört sie einen lauten Knall, der sich jetzt wie ein Schuss anhört. Hastig eilt sie zurück zum Fenster, doch die Straßen sind leer. Ute schläft immer noch tief und fest. Zitternd breitet Rosi die

Bettdecke über sich aus und fragt sich, was in dieser kleinen Stadt im Taunus eigentlich alles vor sich geht. Sie ist die Ängstlichste der Landfrauen und so schläft sie erst eine Stunde später wieder ein. In ihre Träume mischen sich die Ereignisse des Tages und so verfolgt sie schlussendlich im Traum ein Mann mit dunkler Kleidung mit dem Gürtel aus Dianas Boutique durch die Straßen der Eppsteiner Altstadt. Rosi läuft um ihr Leben.

Kapitel 3

ALLS DRUFF!*

Als Professor Ralf Zimmermann mit dem Verwaltungsleiter Heinz Nagel am Donnerstagmorgen kurz vor 10 Uhr den Konferenzraum in der 2. Etage von Eulenstein betritt, ist es mucksmäuschenstill im Raum. Die drei Fachbereichsleiter der Rehaklinik sitzen bereits auf ihren Plätzen und murmeln schüchtern ein „Guten Morgen". Die Besprechungstische sind in U-Form gestellt.

Ihr Gruß wird nicht erwidert. Zimmermann lässt sich viel Zeit beim Sortieren seiner Unterlagen, während Nagel, der selbstverständlich neben ihm Platz genommen hat, nervös mit den Füßen auf dem Boden scharrt. Der Verwaltungsleiter sieht blass und übernächtigt aus. Der Professor schaut auf seine Uhr und beginnt um Punkt 10 Uhr zu sprechen:

„Werte Kolleginnen und Kollegen, die Sondersitzung ist eröffnet. Heute Morgen geht es um die Rehabilitandin Ariane Edelweiß, die in der Nacht von Samstag auf Sonntag im Alter von 50 Jahren vor dem Neufville-Turm in Eppstein gestorben ist."

Nagel räuspert sich und kassiert von seinem Chef einen fragenden Blick. Er schüttelt mit dem Kopf.

---

* *Ohne Unterlass draufhauen*

„Nun“, fährt Zimmermann fort, „es scheint sich bei dem Fall nicht um ein natürliches Ableben zu handeln. Patientin Edelweiß wurde Sonntagmittag gegen 12 Uhr von einer Spaziergängerin gefunden. Sie lag auf dem Rücken vor der Garage des Turms. Die Polizei wurde gerufen und stellte den Todeszeitpunkt fest, der irgendwann am Samstagabend zwischen 20 und 21 Uhr gelegen haben muss. Nach Angaben der Kriminalpolizei wurde das Opfer von hinten mit einem Strick erdrosselt. Da bei der Leiche keine Ausweispapiere und auch sonst keine Identifikationspapiere gefunden wurden, dauerte die Feststellung der Person bis Montagabend. Da gab es einen Anruf der Polizei bei mir in der Klinik. Am Dienstag früh kam die Kripo zu uns ins Haus, um das Zimmer der Toten zu durchsuchen. So weit zu den Tatsachen. Herr Nagel, habe ich etwas vergessen?“

„Nein“, gibt Nagel schnell zur Antwort und rutscht immer noch unruhig auf seinem Stuhl hin und her.

Der Professor dagegen lehnt sich scheinbar entspannt in seinem Stuhl zurück und schlägt die Beine übereinander. Die Arme verschränkt er hinter seinem Kopf. Er blickt seine ihm gegenübersitzenden Leiter schweigend der Reihe nach an. Es vergehen ein paar Minuten, in denen im Raum absolute Stille herrscht. Todesstille. Zimmermann beugt sich schließlich wieder mit dem Körper zum Tisch vor, schlägt mit der Faust auf den Tisch und schreit: „Wie, also wie kann es sein, dass in unserer renommierten Klinik das Fehlen einer Rehabilitandin nicht sofort am Montagmorgen bemerkt und gemeldet wurde? Warum musste ich wie ein dummer Junge vor der Polizei zugeben, nichts davon zu wissen, dass bei uns eine Patientin fehlt?“

Die Furchen auf seinem Gesicht sind so tief wie eine Bergschlucht, wie immer, wenn er sich maßlos aufregt. Die Leiterin der gastronomischen Abteilung hebt zaghaft die Hand.

„Ja bitte, Frau Schulz", bellt Zimmermann und wirkt auf die schwarzhaarige Frau bedrohlich wie ein Kampfhund, der ihr in Minutenschnelle ins Gesicht springen kann. Nervös spielt sie mit ihrem türkisen Schal aus Kaschmirwolle.

„Ich, ähm, war am Montag nicht im Hause. Ich war auf dieser Food-Messe in Frankfurt und ließ mich über die Zusammenstellung von neuen veganen Menüs für unsere Patienten beraten."

Dann schweigt sie und blickt verlegen vor sich auf den Tisch.

„Und weiter", kommandiert ihr Chef.

„Am Dienstagmorgen erzählte mir meine Teamleiterin des Restaurants, die Mandy, dass Frau Edelweiß schon am Sonntag beim Abendessen vermisst wurde, aber es dachte sich niemand etwas dabei, da sie sich für Samstagabend abgemeldet hatte."

„Zwischen Samstag- und Sonntagabend liegen bekanntlich 24 Stunden, werte Kollegin", wirft nun Verwaltungsleiter Nagel ein, „ist ihnen das nicht bewusst?"

„Ja schon", piepst Schulz, „aber es kommt ja öfter mal vor, dass Patienten, gerade wenn sie jemanden kennengelernt haben, erst Montagmorgen in die Klinik zurückkehren."

„Woher wissen Sie, dass Patientin Edelweiß jemand kennengelernt hat?", hakt Nagel sofort nach.

Zimmermann und Nagel tauschen einen Blick.

„Als sie sich bei Mandy für Samstag abmeldete, verriet sie ihr, dass sie ein Date am Abend habe, das vielleicht auch die ganze Nacht dauern könnte", gibt die Leiterin der gastronomischen Abteilung kleinlaut zu.

„Wie bitte?", brüllt Zimmermann und haut nochmals mit der Faust auf den Tisch. „Wir sind hier eine R-e-h-a-k-l-i-n-i-k und kein Kontakthotel! Hier gibt es Regeln und Gesetze. Die oberste Regel lautet: Wenn ein Rehabilitand länger ausbleibt als angemeldet, dann ist unverzüglich von dem Fachbereich, der es bemerkt, eine Nachricht an den Verwaltungsleiter abzugeben! Das ist nicht erfolgt!"

Frau Schulz errötet. Sie spielt mit ihrem Kugelschreiber und blättert in Unterlagen herum, die vor ihr auf dem Tisch liegen, um ihre Verlegenheit zu überspielen. Es wirkt, als ob sie etwas in ihren Aufzeichnungen sucht. Zimmermanns Blick ist fest auf sie geheftet. Sie kennt den Professor jetzt seit einem Jahr, aber so wütend hat sie ihn noch nie erlebt.

„Wieso fragen sie eigentlich uns? Das Verbrechen ist schließlich vor der Haustür von Herrn Nagel passiert", mischt sich nun der einundvierzigjährige Leiter des Controllings, Günther Kaffenberger, ein und versucht, seiner Kollegin so zur Hilfe zu kommen: „Herr Nagel, wo waren Sie denn am Samstagabend zwischen 20 und 21 Uhr?"

Das Gesicht des Professors beginnt sich ebenfalls rot zu verfärben, was aber nicht auf Verlegenheit, sondern mit seiner aufkeimenden Wut zu tun hat.

Heinz Nagel schaut ein wenig irritiert über die plötzliche Wendung des Gesprächs drein und murmelt: „Ich war am Wochenende nicht zu Hause."

„Darum geht es hier nicht." Die Stimme des Professors klingt gefährlich leise.

Seine Leiter kennen das fast alle schon. Wenn er sich erst aufregt und danach ruhig wird, dann steht eine Explosion im größeren Ausmaß bevor. Bei der letzten Auseinandersetzung flog bei einem Meeting sogar ein Tacker an den Kopf eines Leiters, der daraufhin zwei Wochen im Krankenhaus verbleiben musste. Allerdings gab es seltsamerweise im Nachgang keine Anzeige gegen den Klinikleiter. Der verletzte Mann kündigte allerdings fristlos, nachdem er wieder gesundheitlich hergestellt war.

„Wir sind uns also einig, dass wir in einer Rehaklinik arbeiten. Von Montag bis Freitag erhalten die Patienten Anwendungen, richtig?"

Alle Leiter nicken ihrem Chef zu und besonders intensiv Frau Schulz.

„Welche Regel gilt, wenn Rehabilitanden nicht zu ihrer geplanten Anwendung kommen?“

„Meldung machen“, gibt der Leiter der Einsatzplanung, Dennis Frisch, mit knirschender Stimme zu. Er ist jung an Jahren, erst Mitte zwanzig, und noch nicht lange in Eulenstein beschäftigt. Es ist die erste Arbeitsstelle nach seinem Studium. In seiner Stimme schwingt Angst mit, denn so wütend hat er den Klinikleiter bisher noch nie erlebt.

„Hatte Patientin Edelweiß vielleicht am Montagmorgen gar keine Anwendungen?“, hakt Zimmermann nach und seine Worte strotzen vor Sarkasmus.

„Ja, äh, natürlich hatte sie welche. Der erste Termin war morgens um 8 Uhr, Wassergymnastik bei Mischa“, stottert der junge Mann.

„Weiter“, fordert Zimmermann den jungen Kollegen auf.

„Also, der Mischa hat mich danach angerufen und gesagt, dass sie nicht da gewesen ist.“

Der Professor beugt sich noch weiter über den Tisch vor, fast liegt er schon auf ihm.

„Ich habe dann angefangen, eine Mail an Herrn Nagel zu schreiben, aber plötzlich kam die Krankmeldung eines anderen Physiotrainers herein. Da musste ich sehr schnell nach einem Ersatz telefonieren.“

„Und dann?“, fragt nun Nagel nach, der langsam aber sicher wieder Oberwasser bekommt und fast entspannt auf seinem Stuhl sitzt.

Der junge Mann rutscht dafür nun unruhig hin und her. „Es kamen dann den ganzen Tag Meldungen, dass die Patientin nicht zu ihren Anwendungen erschienen ist. Die habe ich aber ignoriert, da ich dachte, ich hätte die E-Mail abgeschickt. Und dann wird der Sache ja sowieso nachgegangen.“

„Hervorragend“, schreit Zimmermann und springt von seinem Stuhl auf, der mit lautem Getöse zu Boden fällt. Er baut sich direkt vor Dennis Frisch auf und stützt sich mit beiden Händen auf seinem Tisch ab. Ihre Gesichter trennen nur wenige Millimeter. Starr blicken seine blauen Augen in das junge Gesicht. Dennis kann den Atem seines Chefs riechen, er riecht Kaffee. „Hier liegt ein grober Verstoß gegen unsere Qualitätsrichtlinien vor! Gemäß dieser ist bei jedem Fernbleiben eines Patienten bei einer Anwendung eine Meldung an die Verwaltung vorzunehmen. Sie sind gefeuert und zwar sofort.“

„Ich bin noch in der Probezeit“, gibt Dennis recht mutig zu bedenken, schaut aber sehr unsicher in das Gesicht seines Chefs, der sich inzwischen wieder aufgerichtet hat.

„Genau deshalb kann ich Sie jetzt auch ohne Probleme rauswerfen“, ist die Antwort des Klinikleiters. In diesem Moment klingelt Zimmermanns Handy. Er zieht es aus der Tasche. „Professor Zimmermann hier?“ Sein Gesicht verfinstert sich noch weiter. „Ich komme sofort.“ Dann betätigt er den Aus-Knopf. „Herzlichen Glückwunsch meine Damen und Herren! Die Frankfurter Neue Presse erwartet mich in der Lobby. Das verdanke ich Ihrer professionellen Arbeitsweise. Nagel, kommen sie mit. Die Sondersitzung im Fall Edelweiß ist beendet.“

Er rauscht förmlich aus dem Raum und die verbliebene Leiterrunde sieht nur noch seinen wehenden weißen Kittel.

Nagel packt eifrig seine Sachen und die des Chefs zusammen. An Dennis gewendet sagt er: „Sie können nachher bei mir ihre Papiere abholen.“ Dann eilt er Zimmermann mit großen Schritten hinterher und knallt die Tür des Besprechungsraums zu.

Wieder herrscht Stille in dem Raum. Dennis beginnt hemmungslos zu weinen und sackt auf dem Besprechungstisch zusammen. Sein Schluchzen erfüllt den ganzen Raum. Beate Schulz geht zu ihm. Mütterlich schließt sie ihn in die Arme. Eine Weile lässt sie ihn weinen, dann fragt sie: „Dennis, wenn du die Mail nicht abgesendet hast, dann hättest du das doch abends beim Runterfahren des Computers merken müssen."

Der Gefeuerte schüttelt mit dem Kopf. „Es gab einen Stromausfall am frühen Nachmittag. Da ging dreißig Minuten gar nichts und danach startete das System automatisch neu. Die Mail muss in den Entwürfe-Ordner gewandert sein." Er flüstert die Worte und als er sein Gesicht vom Tisch hebt, ist es tränenüberströmt.

„Der Alte hat mal wieder völlig überreagiert", befindet Kaffenberger, „was soll jetzt dieses Bauernopfer?"

Beate nickt und weiß: „Das ändert aber jetzt an dem Rauswurf von Dennis nichts mehr."

„Nee", sagt Günther und schart mit den Füßen. Aufmunternd klopft er dem jungen Kollegen auf die Schulter. Dieser weint noch immer.

„Wie soll ich das meiner Mutter beibringen? Sie war doch so stolz auf meine erste Führungsposition in so einer renommierten Klinik?"

„Du machst jetzt erst mal zwei Wochen Urlaub und dann nimmst du einen neuen Anlauf in einer anderen Klinik. Du bist noch so jung", versucht Beate zu trösten.

Doch es hilft nicht viel. Dennis erhebt sich, packt seine Unterlagen zusammen und trottet mit gesenktem Kopf aus dem Raum. Beate und Günther blicken ihm nach.

„Er findet sicher wieder was, er ist ein toller Einsatzplaner, mit so viel menschlichem Einfühlungsvermögen."

„Das stimmt", pflichtet Beate ihrem Kollegen bei, „es ist nur die Frage, was der Chef für ein Abschlusszeugnis ausstellt. Der kann ihm damit seine ganze zukünftige Karriere vermiesen. Und so sauer wie der momentan ist …"

„Kollege Nagel hat übrigens vorhin gelogen", verrät Kaffenberger mit leiser Stimme. Beate schaut ihn überrascht an. „Er war am Wochenende gar nicht verreist. Er war am Sonntagnachmittag in der Klinik, übrigens in Begleitung von Professor Zimmermann."

„Woher weißt du das denn?", will Beate von ihrem Kollegen wissen.

Dieser grinst, dann sagt er: „Du kennst doch die Patientin Lauer? Diese hagere, vorlaute Frau aus Wülferode, die eine Hüftoperation hatte und sich immer in alles einmischt?"

„Du meinst die, die immer in dem grünen Sessel in der Lobby sitzt und alles beobachtet?"

„Genau die! Als die Polizei am Dienstag in Zivilkleidung das Gebäude verließ, thronte sie wie so oft in der Halle und beobachtete die Verabschiedung der Kriminalbeamten. Ich stand ein wenig abseits bei den Fahrstühlen und konnte hören, wie sie zu Zimmermann und Nagel danach meinte, dass sie genau wisse, dass dies eben Polizisten waren. Sie seien gekommen, weil Ariane seit Sonntag vermisst ist. Außerdem wisse sie sicher, dass die Tote vom Neufville-Turm aus der Zeitung Ariane ist! Der Chef hat zwar versucht, ihr glaubhaft zu erklären, dass die beiden Männer Architekten gewesen wären, aber da hat sie nur laut gelacht und versichert, dass sie über Erfahrungswerte verfüge und Kripo riechen könne. Dann hat sie ihnen noch vorgeworfen, dass sie bei ihrem Besuch am Sonntagvormittag hier in der Klinik nicht unverzüglich mit den Ermittlungsarbeiten in Sachen Ariane begonnen hätten."

Beate steht langsam auf und schiebt ihren Stuhl zurück an den Besprechungstisch. Seit einer Stunde lächelt sie mal wieder. „Hihi, die ist echt taff, die Frau. Aber was machen Zimmermann und Nagel denn neuerdings am Sonntagvormittag gemeinsam in der Klinik? Und wieso wusste ausgerechnet Frau Lauer am Dienstagmittag schon vom Tod von Patientin Edelweiß? Und woher hätten Zimmermann und Nagel am Sonntag schon von Arianes Tod wissen sollen? Das macht irgendwie keinen Sinn."

Günther Kaffenberger zuckt ratlos mit den Schultern. „Keine Ahnung, komm lass uns gemeinsam in die Kantine gehen, jetzt hilft uns wirklich zur Aufheiterung nur eine Currywurst und zwar eine der Marke extrascharf."

Beate nickt und trottet nachdenklich hinter Günther her. Sie arbeiten schon seit einem Jahr zusammen. Immer wenn es in der Vergangenheit brenzlige Situationen gegeben hatte, haben sie es sich zur Gewohnheit gemacht, ihre Sorgen in der Kantine gemeinsam mit einer Currywurst zu beruhigen. Je nach Lage in passender Schärfe. Dass Günther heute extrascharf vorgeschlagen hat, bestätigt Beate. So eine verfahrene und undurchsichtige Situation haben sie gemeinsam in Eulenstein noch nicht erlebt. Dieses Mal geht es nicht um eine Lappalie! Es geht um Mord!

Kaffenberger hält Beate die Tür auf und sie verlassen den Personaltrakt. Sie nehmen den Fahrstuhl ins Erdgeschoss. In der Lobby erblicken sie keine Rita Lauer, ihr grüner Sessel ist heute verwaist. Beide haben denselben Gedanken, Kaffenberger spricht ihn aus: „Vermutlich schon zu Mittag."

Beate boxt ihrem Kollegen in die Seite, hakt sich bei ihm unter und tuschelt vertraulich: „Mandy erzählte mir heute Morgen, dass sie von Rezeptionistin Daniela erfahren hat, dass Frau Lauer gestern stark alkoholisiert von ihrem Abendausflug in die Klinik zurückgekehrt sei. Daniela hat aber beide Augen zugedrückt, da Frau Lauer sich bemühte, würdevoll und alleine mit ihren Krücken zum Fahrstuhl zu schreiten."

Kaffenberger lacht auf. „Immer dieser Tratsch. Eulenstein live. Gut, dass das nicht der Prof weiß, wir sind ja schließlich eine R-e-h-a-k-l-i-n-i-k und kein Kontakthotel, wie er immer bei jeder Gelegenheit erwähnt."

Beate stimmt in das Gelächter ihres Kollegen ein und fast gut gelaunt betreten beide die Kantine. Sie sehen Dennis ganz hinten allein an einem der Tische in der Ecke sitzen. Fast mechanisch löffelt er eine Suppe. Sie blicken sich an und sind sich ohne Worte einig, dass ihr junger Kollege nun dringend Gesellschaft braucht.

Ute und Rosi sitzen gemütlich in der Gaststube zum Taunus und gönnen sich ein Glas Apfelwein, zu der frühen Mittagszeit vorsichtshalber mit Mineralwasser verdünnt.

„Also, Gespritzter schmeckt aber auch", findet Rosi.

„Wenn nur nicht das Wasser wäre", kichert Ute albern.

Nach den drei Bembeln Apfelwein von gestern Abend war ihnen nach dem Aufwachen zwar nicht sehr wohl gewesen, doch der Wirt hat in Form von Rührei und Speck, frisch gepresstem Orangensaft und deftigem Bauernbrot mit Schmalz Abhilfe geschaffen. Inzwischen sind die Landfrauen putzmunter und überlegen, wie sie heute nun den Tag verbringen möchten.

„Bis wann hat Rita heute Anwendungen?", will Ute wissen.

Rosi kramt umständlich den Plan, den ihr die Freundin gestern gegeben hat, aus der Handtasche. Sie streicht das Blatt glatt und beide Frauen beginnen den Anwendungsplan zu lesen.

„Bis 17 Uhr", stellt Ute fest.

Der Wirt nähert sich und Rosi fragt ihn, wie lange sie mit dem Auto bis Eulenstein brauchen würden.

„Keine fünfzehn Minuten", verrät er und deutet auf die fast leeren Apfelweingläser. Beide Landfrauen schütteln jedoch mit dem Kopf. Er lacht, nach dem dritten Bembel waren sie gestern Abend zum Du übergegangen und ihm gefielen seine neuen Gäste ausgesprochen gut.

„Schaut mal", sagt er und deutet aus dem Fenster, „es hört auf zu regnen. In einer Stunde beginnt dort drüben auf dem kleinen Platz unser Wochenmarkt, da ist eigentlich immer etwas los.

„Ein Markt in dieser kleinen Stadt", staunt Rosi.

„Ja, es kommen ein paar Wagen und auch unsere Eppsteiner Weinpresse hat dann geöffnet. Normalerweise ist der Markt freitags, aber in der Woche vor Ostern findet er immer schon am Donnerstag statt."

„Tolle Idee", findet Rosi, „und vorher gehen wir noch zu Diana, ja? Ich will unbedingt den Gürtel kaufen."

Dabei denkt sie zwar zitternd an ihren Traum der letzten Nacht, doch sie hat mit Ute darüber noch nicht gesprochen und hat es auch nicht vor.

„Machen wir alles", sagt Ute, dann fragt sie den Hausherren, ob er die Zeitung von Dienstag noch habe. Er verschwindet und kehrt schließlich freudig winkend mit der Ausgabe zurück.

„Was suchst du denn?", will Rosi wissen, als Ute beginnt, in der Zeitung zu blättern.

„Ich will den Artikel über den Mord auf dem Neufville-Turm mal lesen, von dem Rita gestern Abend gesprochen hat", antwortet Ute.

Schließlich findet sie ihn, es ist nur eine kurze Notiz und beide Frauen lesen gespannt. Die Zeitung hat auch ein Foto des Turms abgebildet.

„Sieht aus wie eine kleine Burg", findet Rosi.

„Ist es auch", mischt sich der Wirt ein, der an diesem Mittag vergeblich auf Gäste wartet. Der Turm wurde 1894 errichtet als Nachbildung einer Burg mit Bergfried und Saalbau."

„Wunderschön", schwärmt Rosi.

„Wem gehört der Turm denn heute?", will Ute wissen.

„Er gehört der Stadt. Letztes Jahr wurde er ausgiebig saniert und wird nun als Wohnung genutzt. Leider ist er nicht mehr bewirtschaftet für Wanderer, so wie früher. Aber wir Eppsteiner sind froh, dass nun dort oben wieder Leben ist." Mitten im Satz merkt er, was er sagt und ergänzt: „Oder auch nicht, der Fall ist wirklich tragisch und wirft natürlich auf die ganze Stadt ein schlechtes Licht."

Ute und Rosi nicken zustimmend.

„Wer wohnt denn da oben?", fragt Ute weiter.

„Ute", zischt Rosi die Freundin an, „das geht uns doch nun wirklich nichts an."

Der Wirt lacht laut auf. „Ihr interessiert euch eben für unsere Stadt, das ist doch schön. Es ist kein Geheimnis, dass dort oben Heinz Nagel wohnt. Er ist übrigens der Verwaltungsleiter von der Rehaklinik Eulenstein, wo eure Freundin Rita untergebracht ist."

Ute und Rosi tauschen einen bedeutungsvollen Blick.

Keine dreißig Minuten später schlendern Rosi und Ute im gemütlichen Gang über den kleinen Markt. Zuvor waren sie in der Boutique einkaufen gewesen und Rosi hat natürlich den bereits in Augenschein genommenen Gürtel gekauft. Albträume hin oder her. Er ist mit bunten Steinen verziert und sie überlegt eifrig, zu welchen Klamotten sie ihn nun am besten anziehen sollte. Ein weißes oder schwarzes Oberteil würde am besten passen. Die Inhaberin Diana hat sie noch auf einen Espresso eingeladen und eine Weile haben die drei miteinander geplauscht. Ute hat geschickt versucht, die Sprache auf den Mord auf dem Turm zu lenken, doch Diana ist am Sonntagabend erst von einer Geschäftsreise nach Ibiza zurückgekehrt und wusste noch gar nichts von dem Mordfall. Die Zeitung hat sie anscheinend auch nicht gelesen. Dafür erzählte sie, dass in dem Laden gegenüber, der nur sporadisch öffnet, letzte Nacht eingebrochen worden sei. Der oder die Diebe wurden aber von dem Besitzer überrascht und so fehlte keine Ware. Rosi öffnet den Mund, schließt ihn aber gleich wieder. Was könnte sie beitragen, außer dass sie einen Mann, der dunkel gekleidet war, die Straße entlanglaufen gesehen hat?

„Gab es auch Schüsse?“, fragt sie trotzdem nach.

„Davon weiß ich nichts“, gibt Diana zu.

Ute schaut sie verständnislos an. Rosi bemerkt den Blick ihrer Freundin. „Na, es knallte heute Nacht ja mal“, entschuldigt sich diese.

„Dass du nach diesem Apfelweingelage nachts noch was gehört haben willst, ist mir absolut schleierhaft. Bestimmt ist nur irgendwo im Hotel eine Tür zugeschlagen.“

„Ja“, ist Rosis sehr schnelle Antwort, „da hast du sicher recht, Ute.“ In ihr bleibt trotzdem ein seltsames Gefühl zurück. Sollte sie nicht sagen, was sie gesehen hat? Vielleicht war es wichtig. Sie überlegt, später Josef anzurufen und ihm alles zu erzählen. Vielleicht weiß er Rat? Die Frauen verabschieden sich herzlich von Diana und bummeln die Burgstraße entlang in Richtung Markt.

Während Ute eifrig Fotos von den alten Gebäuden und Häusern der Stadt macht, die sich fast liebevoll an den Hang schmiegen, an dem Burg Eppstein steht, inspiziert Rosi die Wagen der Markthändler. Eine Metzgerin ist vertreten, ein Mann, der Blumen verkauft und ein Wagen mit lecker aussehenden Antipasti-Variationen.

„Komisch, dass es gar keinen Gemüsestand gibt“, überlegt Rosi laut.

Ute zuckt mit den Schultern und deutet auf einen Stand, der sich in einer Holzhütte befindet: „Da gibt es frische Waffeln und Marmelade. Hast du Hunger?“

Die Freundin schüttelt mit dem Kopf. Dann erspäht sie einen Stand direkt vor der großen Kirche, der sie neugierig macht.

„Was ist denn ein Eine-Welt-Laden?“, sagt sie laut und geht entschlossen auf den Aussteller zu.

Die Landfrau sieht, dass es hier Produkte wie Kaffee, Honig und auch Tee gibt. Der freundliche Standbetreiber, der ihren fragenden Blick bemerkt, erklärt, dass es bei diesem Konzept darum geht, dass die Produzenten, die zumeist in Südamerika, Asien und Afrika sitzen, faire Preise erhalten. So können sie ihre Familien ausreichend ernähren und Überschüsse in die Ausbildung ihrer Kinder stecken. Rosi ist beeindruckt und kauft ein Päckchen Tee und auch Kaffee ein. Viel los ist an diesem frühen Nachmittag auf dem Markt jedoch nicht. Die Standbetreiber unterhalten sich miteinander und auf einer Bierzeltgarnitur sitzen zwei ältere Männer. Der eine ist ganz in Rot gekleidet, der andere hat eine braune Aktentasche vor sich, aus der er gerade Postkarten herausholt.

„Setzen sie sich doch zu uns, wir beißen nicht“, ruft der Rote ihnen zu. Die Landfrauen nehmen Platz.

„Sie sind aber nicht von hier?“, fragt der andere Mann nach.

„Nein“, wir sind zu Besuch“, antwortet Ute und blickt interessiert auf die Postkarten.

„Wir kommen aus Wülferode“, ergänzt Rosi.

Der Rote nickt, man sieht ihm deutlich an, dass er keinen Schimmer hat, wo Wülferode liegt, aber er ist viel zu höflich, als dass er es zugeben würde. „Wir sind hier die Marktmeister“, erklärt der andere Mann und reicht Ute die Postkarten rüber. Sie zeigen Aufnahmen der Burg und der Stadt aus verschiedenen Perspektiven.

„Und Fotograf sind sie auch noch?“, schwärmt Ute und lächelt den Mann neben sich strahlend an.

„Ja, ja, ich kann ganz viel", freut sich dieser über die Aufmerksamkeit seiner neuen Bekanntschaft.

„Haben sie auch schon den Neufville-Turm fotografiert?", hakt Ute nach.

Er nickt zustimmend.

„Oft, sehr oft, leider habe ich die Postkarten heute nicht dabei."

Plötzlich tritt ein Mann an den Tisch, grüßt freundlich und sagt: „Hola, die Damen, darf es denn ein Glas Wein sein?"

Überrascht schauen die Landfrauen den Mann ein. Er ist mindestens fünfzehn Jahre jünger als sie.

Der rot gekleidete Marktmeister erfasst die Situation sofort und erklärt lachend: „Keine Angst, die Damen aus Wülferode. Das ist Ramon, der Eppsteiner Mundschenk. Er will sie nicht einladen, aber sie sitzen im Ausschankbereich der Eppsteiner Weinpresse."

Ute schreit los vor Lachen.

„Nehmen wir ein Gläschen, oder?"

„Aber, du musst doch noch fahren", wirft Rosi sein.

„Ich kann ein Glas 0,2 ausschenken", hilft Ramon eifrig weiter.

„Geht schon", ist Utes Antwort und macht eine wegwerfende Handbewegung, „welchen Wein empfehlen sie denn?"

„Wir haben hier zum Beispiel den Eppsteiner Bürgerwein."

„Oh ja" freut sich Rosi und klatscht vor Freude in die Hände.

Ramon verschwindet im Inneren des Gebäudes und Rosi blickt das erste Mal bewusst empor an dem weißen historischen Gebäude, vor dem sie sitzen.

„Wunderschön", haucht sie und Ute folgt ihrem Blick. Sie zückt die Kamera und schießt ein spontanes Foto. In diesem Moment dringt die Sonne durch die Wolken und taucht auch Burg Eppstein, die hinter der Presse hervorragt, in ein helles Licht. Die Männer erzählen ungefragt, dass neben der Weinpresse im ersten Stock auch die Eppsteiner Zeitung ihren Sitz hat. Das Gebäude ist 1902 von Carl Wilhelm Plöcker ursprünglich als Rathaus errichtet worden. Ramon erscheint mit zwei Gläsern Wein in der Hand. Rosi und Ute stoßen an.

„Lecker", befindet Ute.

Ramon lächelt und verschwindet wieder in seinem Laden, da neue Kunden eingetroffen sind.

„Trinken sie keinen Wein?", flirtet Ute wieder mit dem Fotografen.

„Wir sind im Dienst, wir sind doch die Marktmeister."

„Was macht eigentlich so ein Marktmeister?", hakt Rosi nach, bekommt jedoch keine Antwort, denn in diesem Moment tritt ein dritter Mann an den Tisch und klopft zur Begrüßung leicht auf das Holz der Bierzeltgarnitur. Er ist deutlich jünger und trägt einen schicken schwarzen Anzug, darunter ein weißes Hemd, aber keine Krawatte.

„Guude", murmeln die Männer im Chor.

„Na, heute noch nicht so viel los?", eröffnet der Mann das Gespräch.

„Nö", brummt der Rote.

Der Mann setzt sich. Ute mustert ihn von Kopf bis Fuß und will schließlich wissen: „Wer sind sie denn jetzt?"

Sie bekommt ein fröhliches Lachen zur Antwort und der Fotograf sagt: „Unser Chef!"

„Ach, sie sind der Obermarktmeister?", stellt Rosi fest.

Nun johlen die Marktmeister los vor Freude, fassen sich aber schnell wieder und der Anzugträger erklärt: „Ich bin der Bürgermeister der Stadt Eppstein!"

Ute haut auf den Tisch, dass die Weingläser springen und antwortet: „Das ist sehr gut, da können sie uns gleich eine wichtige Frage beantworten."

Fragend schaut der Mann sie an, so forsche Frauen scheint er in Eppstein nicht gewohnt zu sein.

„Wie kann es nur sein, dass in so einer hübschen, alten Stadt eine Frau am Abend vor dem Neufville-Turm grausam erdrosselt wird? Was tun sie als Bürgermeister, um weitere Fälle dieser Art zu vermeiden?"

„Ich weiß jetzt nicht genau, wer sie sind, aber ich bedauere natürlich diesen Vorfall. Die Polizei hat die Ermittlungen aufgenommen und wir hoffen alle auf baldige Aufklärung."

„Wir sind Landfrauen und heißen Ute und Rosi. Wir kommen aus Wülferode", ist Rosis Antwort.

„Habt ihr was mit der ermordeten Frau zu tun? Seid ihr mit dem Opfer verwandt und deshalb hier?", will der rote Marktmeister nun wissen.

„Nein, also direkt nicht", rudert Ute zurück und bereut bereits ihren zu forschen Auftritt.

„Wir müssen nun auch los", hilft Rosi, „wir wollen ja noch irgendwo Kaffee trinken gehen, bevor wir unsere Freundin Rita in der Rehaklinik in Eulenstein treffen. Haben sie einen Tipp für uns, wo es schön ist?"

„Wenn ihr Landfrauen seid, dann fahrt doch in das Lokal *Zum fröhlichen Landmann*. Das ist ein Restaurant in einem schönen Wald unterhalb von Schloss Rettershof. Außerdem liegt es auf dem Weg nach Eulenstein", gibt der Fotograf als Antwort. Der Bürgermeister lächelt freundlich und scheint froh zu sein, dass die Fragerei nicht noch weitergeht. Ute und Rosi haben es plötzlich eilig, winken den Männern zu und sind schon um die nächste Ecke verschwunden. Zurück bleiben die drei Männer am Tisch, die ihnen nachdenklich hinterherblicken.

„Das war unprofessionell, so draufzuhauen. Und so spricht man auch nicht mit einem Bürgermeister", wirft Rosi Ute vor.

Diese stimmt zu und meint mit zerknirschter Stimme: „Das wäre eigentlich Ritas Part gewesen, irgendwie kann sie solche Sachen besser als ich."

„Schade, dass wir nichts weiter rausbekommen haben", findet Rosi, „da haben wir Rita nachher gar nichts so viel zu berichten."

Doch in diesem Fall irrt die Landfrau, denn der Besuch beim *Landmann* wird den Frauen sehr spannende Erkenntnisse bringen.

Rosi überlegt eine Weile, dann teilt sie Ute mit: „Du, es hat heute Nacht wirklich geknallt. Davon bin ich aufgewacht. Ich habe dann einen Mann in dunkler Kleidung gesehen, der über den Wernerplatz lief. Dann war ich auf der Toilette. Da gab es zum zweiten Mal einen lauten Knall, der sich wie ein Schuss anhörte. Ich bin zum Fenster geeilt, aber es war nichts mehr zu sehen. Ich konnte daraufhin gar nicht wieder einschlafen."

Ute blickt die Freundin nachdenklich an. „Mit Ariane kann das nichts zu tun haben, aber wir erzählen es nachher mal unserem Wirt, okay?"

„Das ist eine gute Idee", stimmt Rosi zu und sie ist nun doch erleichtert, dass sie ihre Beobachtungen ihrer Freundin mitgeteilt hat. Sanft streichelt sie die Schulter von Ute, wie es so ihre Art ist.

Kapitel 4
Alls woss anners*

„Frau Lauer, sie sind ja überhaupt nicht bei der Sache", mahnt Physiotherapeut Mischa die Landfrau. Sie hat den Ball, den er ihr zugeworfen hat, nicht gefangen. Rita zuckt zusammen. Sie ist in Gedanken noch bei ihrem Gespräch mit Sophia. Die Tochter von Ariane war zur Mittagszeit nach Eulenstein gekommen, um die Sachen ihrer toten Mutter abzuholen. Die junge Frau hat bei der Klinikleitung darauf bestanden, mit Rita zu sprechen, die ihr als Vertraute aus den Telefonaten mit ihrer Mutter bekannt war.

„Tschuldigung", murmelt Rita überraschend zahm und schenkt Mischa ein strahlendes Lächeln. Er steht auf, um den Ball zu holen, denn das Bücken macht der Landfrau immer noch zu schaffen. Dieses Mal passt sie auf und fängt den kleinen, roten Ball aus Schaumstoff, um ihn kurzerhand der nächsten Patientin zuzuwerfen. Sie nimmt heute das erste Mal an der Hockergymnastikrunde teil und findet diese Rehamaßnahme mehr als affig. Sie und fünf weitere Patienten sitzen in einem Stuhlkreis. Zunächst mussten sie auf der Stelle mit den Füßen trampeln, dann gerade sitzen und die Schultern kreisen lassen, schließlich dieses alberne

* *Alles wird sich verändern*

Ballspiel. Gerade so, als wäre man wieder im Kindergarten, denkt sie. Sie schielt auf die Uhr. Es ist ihre letzte Anwendung an diesem Tag, und sie beginnt sich auf den Besuch von Ute und Rosi zu freuen. Zum Abendessen hat sie die Freundinnen mit angemeldet, denn sie sollen auch mal in den Genuss des spartanischen Dinners kommen. Das geht ohne Probleme für einen Betrag von 15 Euro pro Person in der Klinik. In den nächsten Tagen sind sie dann zum Essen vermutlich ohnehin auswärts unterwegs. Außerdem ist es Rita wichtig, dass Ute und Rosi sich ein Bild von der Klinik machen, erst recht nach dem Gespräch mit Sophia heute Nachmittag. Die Freundinnen sollen verstehen, wie diese Klinik tickt. Das ist ihrer Meinung nach wichtig für ihre weiteren Ermittlungsarbeiten. Wieder wandern ihre Gedanken zu Sophia, doch sie achtet darauf, den Ball immer zu fangen, wenn er in ihre Richtung fliegt.

Speziell der eine Schachspieler wirft immer wieder zu Rita. Auch wenn er beim Schach verloren hat, hegt er weiter die Hoffnung, Ritas Aufmerksamkeit zu wecken.

Sophia ist am Mittag verzweifelt gewesen, hat geweint und Rita ein um das andere Mal gefragt, ob sie nicht eine Idee habe, wer ihre Mutter so grausam umgebracht haben könnte. Der Leichnam ist von der Staatsanwaltschaft noch nicht freigegeben worden. Vermutlich würde das auch erst nach dem Osterfest geschehen, denn natürlich mahlen die Mühlen auch zu den Feiertagen in solchen Institutionen langsamer. Rita hat Sophia getröstet und ihr dann mitgeteilt, dass sie und ihre Freundinnen sich des Falls angenommen haben. Zunächst schaute das Mädchen skeptisch, aber nachdem Rita geschildert hatte, wie erfolgreich sie früher schon auf Sylt bei einer verschollenen Yacht und dann in Travemünde bei einer vermissten Person in ihren Ermittlungen gewesen waren, fasste sie Vertrauen.

„Ich kann mich über Ostern irgendwo im Ort einquartieren“, hat sie vorgeschlagen, „zu Hause wartet doch nur eine leere Wohnung auf mich.“

„Was ist mit deinem Vater, also dem Ex-Mann deiner Mutter?“, wollte Rita wissen.

„D-e-r“, hat sie gesagt und das Wort stark gedehnt, „d-e-r hat sich seit 15 Jahren nicht blicken lassen. Den verständige ich auch erst mal nicht.“

Rita hat genickt und dann die Wange von Sophia gestreichelt: „Du wohnst bei meinen Freundinnen in Eppstein, Ute und Rosi. Die haben da ein entzückendes Hotel und es ist noch ein Einzelzimmer frei. Ich habe dort angerufen. Bleib bei uns. Die Mädels kommen nachher zum Abendessen und du kannst sie kennenlernen.“

Dieser Plan leuchtete Sophia ein.

„Wir sind Profis in Ermittlungen und bisher immer schneller als die Polizei gewesen“, hat Rita geprotzt.

„Dieses Mal ist es aber ein Mord“, ist Sophias letztes Aufbäumen gewesen.

„Ja, aber wir wachsen mit unseren Aufgaben, weißt du“, erklärte Rita, „drei alte Frauen fallen nicht unbedingt auf.“

Das hat Sophia schließlich überzeugt und sie versprach, pünktlich um 18 Uhr wieder in der Klinik zu sein. Sie will den Nachmittag nutzen, um ein paar Sachen für die nächsten Tage einzukaufen, denn sie ist auf eine Übernachtung nicht eingestellt. Eigentlich dachte sie, sie würde am Abend zurück in Nürnberg sein. Nun kommt es anders.

Rita war sehr zufrieden mit sich und hat Sophia als dritten Abendgast zum Essen angemeldet. Die zwei Frauen, die sonst mir ihr am Tisch gesessen haben, sind heute Morgen nach dem Frühstück entlassen worden und Neuzugänge gibt es am Tag vor den Feiertagen nicht. Im Hotel zum Taunus hat sie auch angerufen und die Anfrage als feste Reservierung bestätigt. So ist auch diese Angelegenheit geregelt. Rita ist sich sicher, dass sie mit Sophias Unterstützung garantiert den Mordfall aufdecken werden. Den Plan, wie sie vorgehen wollen, werden sie heute Abend ausarbeiten.

Ute nimmt die Ausfahrt aus der Eppsteiner Altstadt nach links und fährt auf die B 455. Sie passieren das Ortsschild und folgen der Bundesstraße, die sich durch das Tal schlängelt. An der Ampel, die die Straße rechts nach Kelkheim teilt, kommen sie aufgrund einer roten Ampel zum Halten.

„Das ist ja so schön hier im Vordertaunus", schwärmt Rosi, „schau, die Bäume werden langsam grün. Wie es hier wohl im Herbst aussehen mag, mit den ganzen Laubfärbungen."

Ute ist das gerade extrem unwichtig, denn ihr ist eingefallen, dass sie bei ihrem überstürzten Abgang vom Markt vergessen hat, ihren Kalli anzurufen. Sie nimmt sich vor, das unbedingt von Eulenstein aus nachzuholen. Dann schreckt sie auf, denn Rosi ruft: „Fahr mal langsamer, du weißt doch, die Wildunfälle."

„Ja, ja", stimmt Ute zu und drosselt die Geschwindigkeit des Golfs auf 60 Stundenkilometer. Rechts und links ist nichts als Wald zu sehen.

Aufgeregt deutet Rosi auf ein Schild, auf dem *Rettershof* steht. „Da musst du abbiegen."

Ute setzte den Blinker nach links. Die Freundinnen passieren eine enge Straße, zu beiden Seiten erblicken sie erneut Wald und weite Wiesen. Schließlich sehen sie einen großen Parkplatz, auf dem nur ein paar Pferdeanhänger und einige Autos parken. Ute biegt ein und stellt den Motor ab. Ein Schild weist auf die Gaststätte *Zum fröhlichen Landmann* hin. Beide Landfrauen kichern deswegen. Rosi posiert vor dem Schild und Ute schießt ein Foto. Nach wenigen Momenten sehen sie das Lokal. Es ist im Fachwerkstil erbaut und wirkt auf sie wie ein kleines, verwunschenes Märchenschloss im Wald. Schnell nehmen sie die wenigen Stufen hinauf und schon befinden sie sich in einer großen, gemütlichen Gaststube. Das Mobiliar ist komplett aus Holz und Ute steuert gezielt auf einen Sitzplatz am Fenster zu. Im Lokal sind zu dieser Zeit nur wenige Tische belegt. Eine dunkelhaarige Frau tritt aus einer Schwingtür, die zur Küche zu führen scheint, und bringt sofort zwei Speisekarten an den Tisch.

„Wir möchten nur einen Kaffee trinken und haben sie Kuchen?", fragt Ute.

Die Bedienung lächelt und zählt ihre unterschiedlichen Sorten an Torten und Kuchen auf. Beide Landfrauen entscheiden sich für den Schmandkuchen, den die Gastwirtin als hessische Spezialität anpreist. Nur kurze Zeit später kommt ihre Bestellung und eine Weile herrscht Schweigen am Tisch. Der Kaffee ist stark und der Kuchen überaus schmackhaft.

Rosi findet, dass nun ein guter Zeitpunkt gekommen ist, um mit Ute einmal über ihre Beziehung zu Kalli zu sprechen: „Du hast Kalli gar nicht mehr angerufen."

„Ich mache das nachher von Eulenstein aus, da wird ja irgendwo ein Telefonanschluss sein", bekommt sie recht kurz zur Antwort.

„Ist denn alles in Ordnung bei euch?"

Ute sieht Rosi erstaunt an. „Ja, wieso fragst du das?"

Rosi windet sich ein wenig und meint dann: „Na, so richtig begeistert warst du ja nicht, Ostern ohne ihn zu verbringen."

„Nee", gibt die Freundin zu und macht der Bedienung ein Zeichen, nochmals zwei Tassen Kaffee zu bringen. Dann lehnt sie sich in ihrem Stuhl zurück und sieht Rosi direkt in die Augen. „Liebe im Alter ist um ein so

Vielfaches intensiver. Man weiß, dass die Zeit begrenzt ist und man nutzt sie ganz anders."

Rosi denkt an Josef, ihre bis jetzt noch heimliche Liebe, und nickt.

„Eigentlich wollten wir es euch erst auf Sylt sagen, aber da du fragst", Ute legt ihre rechte Hand auf Rosis linke: „Wir wollen heiraten."

Rosi lässt die Kuchengabel sinken und schaut ihre Freundin ungläubig an. Nur Sekunden vergehen, dann bricht Rosi in ein wahres Freudengeheul aus und fällt Ute um den Hals. „Das ist so schön", stammelt Rosi ein ums andere Mal.

Ute wischt sich ein paar Tränen aus den Augen und erwidert froh die Umarmung der Freundin. Nachdem sich beide Frauen wieder ein wenig beruhigt haben, meint Rosi: „Was Rita wohl dazu sagt?"

„Lass das erst mal unter uns, wir haben hier wirklich einen Fall zu lösen und glaube mir, wenn Rita endlich Nägel mit Köpfen mit Hans-Hugo gemacht hat, dann wird sie die glücklichste Frau auf der Welt sein."

Rosi stimmt zu und wie immer, wenn sie sich freut, färben sich ihre Wangen rot. „Wie kam es denn zu dem Entschluss?", hakt sie neugierig bei der Freundin nach.

„Na ja, die lange Trennung bei der Weltreise, vier Monate immerhin. Dann dieser Schreck mit Kallis Unfall kurz vor Weihnachten. Als er im Krankenhaus war, saß ich allein auf dem Priwall in seinem Haus und dachte nach. Kalli hat wohl auch die Zeit genutzt im Krankenhaus und kurz nachdem ihr aus Travemünde abgereist seid, hat er mir den Antrag gemacht. So richtig romantisch, mit einem Strauß Rosen im Wohnzimmer. Schau, ich trage sogar schon einen Verlobungsring."

Rosis Augen leuchten. Der Ring, den Ute am linken Ringfinger trägt, ist aus Silber und ihn ziert eine dezente weiße Perle. Rosi sieht Ute von der Seite an und ist froh über ihr

Feingefühl. Das war es also, was sie spürte, als sie zusammen in den Taunus gefahren sind. Diese Veränderung, die aber einen wunderschönen Grund hat!

„Josef wird sicher die Trauung übernehmen", schlägt sie vor.

Ute schüttelt mit dem Kopf: „Unsinn, Rosi, wir heiraten nur auf dem Standesamt und nicht kirchlich, dafür sind wir nun wirklich zu alt. Aber ihr werdet natürlich alle dabei sein. Du, Rita, Hans-Hugo und Josef werdet natürlich unsere Trauzeugen."

„Schade", findet Rosi, „Josef ist doch so ein wundervoller Pastor, der einzigartige Worte findet."

Ute winkt ab und lacht: „Aber versprich mir, zu niemandem ein Wort vorab, okay?"

Rosi verspricht es und denkt an Josef. Eine wohlige Wärme steigt in ihr auf.

Als ob Ute ihre Gedanken lesen könnte, meint sie: „Du und Josef, ihr seid euch doch auch schon einen guten Schritt näher als wir alle glauben, oder?"

Rosis Gesicht nimmt tiefrote Züge an. Sie blickt auf die Tischdecke. Sie ist so grün wie die Bäume des Taunus. Ein Blumenmuster ziert sie. Schließlich gibt sie zu: „Ja, das wollten wir euch eigentlich auch erst auf Sylt sagen."

Ute haut vor Lachen auf den Tisch und meint: „Na, das wird ein interessanter Aufenthalt werden, inklusive des Wiedersehens der Weltreisenden im Mai. Entschuldige mich, aber ich muss mal kurz um die Ecke." Die Landfrau erhebt sich und geht ein paar Treppenstufen hinunter, die in die Räume des Erdgeschosses führen, wo sich auch die Toiletten des Gasthauses befinden. Nach wenigen Minuten kehrt sie zurück und Rosi fällt sofort auf, dass etwas mit der Freundin nicht stimmt. Sie schaut angestrengt und in keiner Weise mehr entspannt aus.

„Zahlen", ruft sie der Bedienung zu.

„Was ist denn los?“, will Rosi wissen, „ich habe die Rechnung eben schon erledigt.“

Ute japst, dann flüstert sie: „Da unten“, und sie deutet auf den Kellerbereich des Hauses, „da sitzt Ritas Professor Zimmermann mit seinem Nagel aus der Rehaklinik.“

Rosi schaut die Freundin ungläubig an.

„Doch, die sind das, Rita hat sie so gut wie für ein Phantombild beschrieben“, fährt Ute weiter fort.

„Ja, und?“, fragt Rosi.

„Ich bin erst auf die Toilette gegangen, da habe ich sie schon gesehen und sofort an Rita gedacht. Halt dich fest, sie haben Händchen gehalten und sehr leise miteinander gesprochen!“

„Ach?“, Rosis Neugier ist geweckt.

„Als ich dann aus der Toilette wieder herauskam, habe ich die Tür ganz leise geschlossen und konnte lauschen. Schemenhaft konnte ich sie auch durch die milchige Glasscheibe erkennen, da die Tür inzwischen geschlossen war.

„Und?“

„Der Hammer! Frankenstein hat wortwörtlich zum Nagel gesagt, dass sie, wenn das mit Samstagabend herauskommen würde, beide geliefert seien. Und das sowohl privat als auch geschäftlich!“

„Nein“, schreit Rosi durch die komplette Gaststätte und die Wirtin schaut auf. Ute winkt freundlich, aber bestimmt ab. Erschrocken hält Rosi sich die Hand vor den Mund. „Bist du sicher, dass es die zwei Männer auch sind?“

„Ja“, haucht Ute, „aber besser wäre es, wir würden sie fotografieren und nachher Rita zeigen. Sie kann das dann bestätigen.“

Rosi nickt, aufgeregt sammelt sie ihre Sachen zusammen. Am Tresen klingelt ein Telefon.

„Zahlen im Reiterstübchen, ich komme runter“, spricht die Bedienung in den Hörer.

Ute und Rosi verlassen schnellstens das Lokal *Zum fröhlichen Landmann.* Am Parkplatz angekommen, setzen sie sich in Kallis Golf und warten. Lange dauert es nicht. Zwei Männer treten aus dem Waldweg und gehen direkt an ihrem Auto vorbei. Ute und Rosi rutschen tief in den Sitzen zurück und Ute nutzt die Gelegenheit, dutzende Fotos zu schießen. Dabei zoomt sie immer wieder die beiden Männer abwechselnd heran. Die Frauen beobachten, wie sie in einen großen, schwarzen Geländewagen steigen und davonfahren. Auch das Kennzeichen des Jeeps wird vorsorglich fotografiert.

„Auf nach Eulenstein", sagt Ute schließlich. „Wir nehmen die Verfolgung auf! Ich bin gespannt, was Rita zu diesen Fotos sagen wird!"

„Wollen wir nicht erst noch warten?"

„Unsinn, Rosi, wenn die jetzt vor der Klinik Eulenstein vorfahren, dann haben wir den ersten Beweis!"

Ute gibt Vollgas und nimmt den Waldweg in einem halsbrecherischen Tempo. Auf der Bundesstraße ist sie wieder an dem Jeep dran und vermindert die Geschwindigkeit. Leider nicht innerhalb der geforderten Geschwindigkeitsbegrenzung. Kurz hinter dem Ortseingangsschild von Königstein blitzt es.

„Was war das?" Rosi schaut ängstlich aus dem Fenster.

„Ein Blitzer", gibt Ute seelenruhig zur Antwort, „aber so schnell war ich ja auch nicht! Das ist jetzt auch egal, wir sind an einer Verfolgung dran. Das versteht Kalli sicher, wenn der Bescheid kommt."

Sie erreichen den Kreisel von Königstein und der Geländewagen vor ihnen biegt ab in Richtung Opelzoo. Ute haut vor Freude auf das alte Lenkrad und macht das Siegeszeichen zu ihrer Freundin. Nachdem sie den Zoo passiert haben, wird ihr Gesicht jedoch länger und länger. Der Jeep biegt nicht links in Richtung Eulenstein ab. Fragend blickt sie Rosi an.

„Fahr ab, wir müssen jetzt zu Rita, sie wartet doch zum Abendessen. Wir sind ohnehin schon fünfzehn Minuten zu spät."

Ute fügt sich, wenn sie auch den roten Rücklichtern des Geländewagens bedauernd nachschaut.

Nagel setzt Zimmermann vor seiner Villa in Bad Homburg ab. Zimmermanns Frau Rosalie tritt aus der Haustür, als sich das große und hohe, geschwungene Eisentor automatisch öffnet. Seine Frau ist von massiger Statur und fast so groß wie ihr Mann. Der Professor öffnet die Autotür und verabschiedet sich per Handschlag von seinem Verwaltungsleiter.

„Da bist du ja endlich", ruft Rosalie in einem herrischen Tonfall. Sie gibt ihrem Mann einen Kuss auf die Wange, der aber jeglicher Zärtlichkeit entbehrt. „Jan muss noch vom Fußballtraining abgeholt werden. Und ja, Anna soll doch morgen zum französischen Schüleraustausch, aber sie weigert sich zu fahren, weil sie sich anscheinend heute in irgendjemand verliebt hat. Sie will nicht fahren. Ich bin völlig überfordert hier zu Hause, während du mit Herrn Nagel durch die Weltgeschichte fährst. Wir haben morgen Feiertag und eingekauft werden muss auch noch."

Sie wirft einen bösen Blick in Richtung Jeep. Der Professor seufzt auf und folgt seiner Ehefrau ins Haus, während sie weiter lamentiert. Heinz Nagel, der den Wortwechsel genau gehört hat, denkt *Frau Walküre in Bestform.* Ralf tut ihm leid, wie so oft. Er gibt ein wenig zu viel Gas. Der Splitt unter den Reifen des Geländewagens fliegt in alle Richtungen. Auf der Rückfahrt beruhigt er sich wieder und überlegt, noch kurz einen Stopp im Büro einzulegen, doch er verwirft den Gedanken wieder. Das hat alles Zeit bis Dienstag. Er sehnt sich nach einem Abend der Ruhe auf seinem Turm und einem guten Glas Whisky. Vielleicht würde er den Kamin noch mal anwerfen, die Nächte sind momentan noch sehr kühl. Als er die Waldstrecke am Rettershof passiert, läuft unmittelbar vor ihm ein Reh über die Fahrbahn. Er macht eine Vollbremsung. Das Reh springt im Lichtkegel in den Wald hinein. Er hat Glück gehabt, dass hinter ihm kein Auto fuhr. Das hätte gefährlich werden können. Der Vorfall reißt ihn aus seinen Gedanken und lenkt die Aufmerksamkeit wieder auf die Straße. Er erreicht Eppstein und biegt am Bahnhof links ab. Kurz schaut er hinüber zum Bahnhofsgebäude. Oben in der Wunderbar brennt helles Licht und er erkennt viele Menschen durch die beleuchteten Fenster. An Donnerstagabenden verwandelt sich das Restaurant oft in eine kleine Konzertbühne. So ist es vermutlich auch heute Abend. Der Weg hinauf zum Neufville-Turm ist steil, kurvig und unbeleuchtet. Nur Anwohner und Forstmitarbeiter dürfen dort hinauffahren. Er kennt die Strecke inzwischen in- und auswendig. Er erreicht den Turm und stoppt den Wagen. Noch immer sind vor der Garage mit Kreide die Umrisse des Körpers von Ariane Edelweiß skizziert und noch immer liegt ein wenig Absperrband verteilt herum. Nagel muss notgedrungen auch in dieser Nacht seinen Jeep außerhalb der Garage parken. Er steigt aus und blickt eine Weile auf den Tatort. Hier oben im Wald ist es fast still, er hört nur ein paar Eulen rufen. Der Plan war perfekt gewesen, denkt er. Genau bis zu dem Zeitpunkt, als irgendein Idiot dahergekommen war und Ariane umgebracht hat. Das war nicht geplant gewesen. Ralf und er haben sie gehört, wie sie geklopft hatte. Erst zaghaft, dann intensiver. Ihre Rufe schallten bis zu seinem Wohnzimmer hinein, die alten Fensterscheiben haben keine gute Isolierung. Ralf war sogar auf die Plattform des Turms gestiegen. Von oben hatte er ihre Umrundung des Gebäudes beobachtet. Dicht an die Steinwand gepresst, war er mit dem Turm verschmolzen und für Ariane im Garten nicht sichtbar gewesen. Als er wieder hinab in die Wohnung gestiegen war, hatte er gemeint:

„Die ist weg."

Sie hatten sich beide gefreut, dass ihr Plan aufgegangen war. Sie würde irgendwann jemandem erzählen, dass sie ein Date mit ihm hatte, er aber nicht dagewesen war. Das perfekte Alibi! Er war in dieser Nacht nicht in Eppstein gewesen.

Am Morgen, als er den Turm verlassen hat, um Brötchen für sich und Ralf zu holen, fand er Ariane tot vor der Garage. Teile des Strickes, mit dem sie erdrosselt worden war, lagen neben ihr. Panisch war er zurück ins Haus gelaufen und hatte Ralf geweckt. Dieser blieb erstaunlich ruhig. Er schlug vor, sofort in die Klinik zu fahren und ein Arbeitsmeeting vorzutäuschen. Bestimmt kamen bald die ersten Wanderer herauf. Einer würde Ariane entdecken und dann war im Wald die Hölle los. „Der Jeep steht in der Garage, sie liegt davor", hatte Nagel gejammert. Ralf hatte ihn liebevoll in den Arm genommen und gesagt: „Gib mir alte Handschuhe. Ich ziehe sie weg, du fährst raus und danach ziehe ich sie zurück."

„Das gibt doch Spuren, wenn du die Leiche hin und her bewegst", hatte Nagel zögernd zu bedenken gegeben.

„Ich verwische die Spuren mit dem Fuß und es liegt noch genug Laub herum, um diese wieder zu verdecken."

So wie der Professor es vorgeschlagen hat, haben sie ihr Vorhaben umgesetzt. Nagel erinnert sich, dass er sich auf dem ganzen Weg nach Eulenstein äußerst unwohl gefühlt hat. Fast so, als hätten sie das Verbrechen begangen. Keiner der beiden Männer hat ein Wort gesprochen. Erst kurz vor der Klinik hat Ralf kurz sein Bein gestreichelt. Eine wohlige Wärme war in ihm aufgestiegen und sie haben sich angelächelt.

„Ich mache uns jetzt in meinem Büro einen starken Kaffee und dann überlegen wir uns in Ruhe ein neues Alibi für dich für heute Nacht. Wenn die Polizei erst auftaucht, kannst du unmöglich aussagen, dass du allein im Turm warst. Da stehst du gleich auf der Liste der Verdächtigen ganz oben."

„Zum Glück weiß ja keiner bis jetzt, dass ich mit Ariane verabredet war. Ich hatte ihr gesagt, dass Kontakte zwischen Rehabilitanden und Klinikpersonal verboten sind und sie mit niemandem über die Einladung sprechen darf."

„Eben, ist es ja auch", hatte Ralf genickt, „und ich habe den Kongress in Stuttgart morgens ohne Frühstück verlassen müssen, da es Probleme in Eulenstein gab." Der Professor war am Nachmittag in das Tagungshotel gefahren, hatte sein Zimmer bezogen und bezahlt. Er hatte sein Namensschild in der Kongresshalle genommen. Danach war er wieder mit dem Koffer zurück zum Bahnhof gegangen und hatte den nächsten Zug nach Eppstein genommen. Sein Alibi für eine Nacht in Stuttgart ist somit wasserdicht.

„Wer hat sie bloß umgebracht, Ralf? Und warum?", piepst Heinz Nagel verunsichert wie eine kleine Maus.

„Ich weiß es nicht", gibt sein Freund zur Antwort, „aber jetzt ist es erst mal wichtig, den zeitlichen Vorsprung auszunutzen und zu überlegen, was wir tun können. Wenn herauskommt, dass der ehrwürdige Professor Zimmermann, Leiter der renommierten Rehaklinik Eulenstein und zweifacher Familienvater, seinen Verwaltungsleiter Heinz Nagel liebt, dann können wir uns beide einen neuen Job suchen und der wird nicht im Vordertaunus sein. Von der anderen Sache mal ganz abgesehen."

Nagel steht immer noch da und starrt die Garage an. Ein Knacken reißt ihn aus seinen Gedanken. Er sieht sich um, doch es ist niemand da. Mit hängenden Schultern geht er den Garten entlang und nimmt die Stufen zur Eingangstür des Turms im Laufschritt. Ein Whisky wird ihm jetzt sicher guttun, er muss nur ein Glas finden, dass groß genug ist.

Das Abendessen im Speisesaal der Rehaklinik Eulenstein verläuft am Tisch der Landfrauen eher schweigend. Ute und Rosi verstehen sich sofort mit Sophia und diese fühlt sich als neue Freundin in ihrem Kreis aufgenommen. Sonst klappert und klirrt es im Saal, doch heute ist alles verdächtig still.

„Wir reden später", hat Rita gesagt, als sie die Freunde hineingeführt hat, „die werden alle neugierig sein."

So ist es auch gekommen und Rita berichtet die ganze Zeit bei der Scheibe Mettwurst und Käse von ihrem heutigen Anwendungstag. Ute und Rosi schwärmen von ihrem Marktbesuch in Eppstein und von dem Lokal im Wald *Zum fröhlichen Landmann*. Sophia hört schweigend zu. Sie sieht sehr blass aus, aber gelegentlich versucht sie zu lächeln.

Nach dem Abendessen leert sich der Speisesaal schnell und die Freundinnen nehmen in der Lobby Platz, Rita natürlich in ihrem grünen Lieblingssessel. Ute packt nun endlich die Möwe aus und stellt sie vor Rita auf den Tisch. Diese schaut leicht irritiert. Ute dreht die Möwe um und betätigt einen Schalter.

„Ein kleiner Gruß aus Travemünde", sagt Ute und die Möwe plappert ihre Worte leicht verzerrt nach und wackelt mit dem Kopf.

Rita beginnt schallend zu lachen und eine Weile spielen sie mit dem Labertier. Sogar Sophia scheint zu vergessen, warum sie eigentlich hier ist und singt mit der Möwe ein Lied. Die diensthabende Rezeptionistin winkt herüber und freut sich über die gute Stimmung heute Abend. Schließlich schaltet Rita die Möwe aus. „So, Mädels, wir dürfen nicht vergessen, warum wir hier sind."

Ute steht auf und deutet auf die Telefonkabine: „Gleich ja, ich muss nur eben noch Kalli anrufen."

Rita trommelt ungeduldig mit ihren Fingern auf den Tisch und sagt, an Sophia gewendet: „So, genau so war es 115 Tage auf der Weltreise mit ihr. Kaum sah sie ein Telefon, schon musste sie ihren Kalli anrufen."

„Nun lass sie doch", verteidigt Rosi die Freundin, „so ist eben Liebe."

„Pah", macht Rita und steht auf. Das klappt heute Abend schon deutlich besser. „Dann gehe ich eben noch eine Zigarette rauchen."

„Auch wie auf der Weltreise", lacht Rosi und kassiert von Rita einen strafenden Blick.

„Ihr habt eine Weltreise zusammen gemacht?", hakt Sophia nach, „wie cool ist das denn?"

Rosi, die einzig verbliebene Landfrau am Tisch, klärt die junge Frau über ihre 115-tägige Kreuzfahrt um die Welt nur zu gern auf und gibt, bis ihre Freundinnen zurückkommen, einige lustige Anekdoten zum Besten.

Als sie sich alle wieder eingefunden haben, nimmt Ute ihre Kamera und klickt sich durch die aufgenommenen Bilder. Dann reicht sie Rita die Kamera und fragt: „Ist das dein Zimmermann mit seinem Nagel?"

„Unverkennbar. Wo habt ihr das Bild denn gemacht?"

„Auf dem Parkplatz des Restaurants *Zum fröhlichen Landmann* heute Nachmittag", gibt Ute zur Antwort und wirft Rosi einen triumphierenden Blick zu.

„Ute hat sie belauscht, als sie auf die Toilette gegangen ist", flüstert Rosi, obwohl niemand in der Nähe war.

Ute steht auf und tritt hinter Rita. Sie drückt auf die Pfeiltasten der Kamera. Das letzte Bild zeigt den Jeep von hinten mit dem Kennzeichen MTK-HN-01."

„Das ist das Auto vom Nagel, eindeutig, ich kenne es", staunt Rita und zieht eine Augenbraue hoch. Ute setzt sich wieder, beugt sich vor und berichtet ausführlich von dem kurzen Wortwechsel der zwei Männer im Reiterstübchen und ihrer Beobachtung, dass es sich bei den beiden um ein männliches Paar handelt."

„Ihr seid ja der Burner“, findet Sophia.

„Ein Paar, die zwei sind ein Paar. Nein wie süß, der Zimmermann liebt seinen Nagel“, kreischt Rita durch die komplette Eingangshalle.

Rosi hält ihr den Mund zu und sieht sich besorgt um, doch außer der Rezeptionsmitarbeiterin ist niemand da und diese schenkt ihnen keine Beachtung.

„Ich sagte doch, wir sind geübt in Ermittlungen“, freut sich Rita, als sie sich beruhigt hat, über die gute Arbeit ihrer Mädels und tätschelt Sophias Hand.

„Die zwei stehen unter dringendem Tatverdacht“, fasst Ute die Lage zusammen.

„Was machen wir jetzt?“, piepst Rosi.

„Rita, wusstest du, dass dein Nagel seinen Wohnsitz auf dem Neufville-Turm in Eppstein hat? Also direkt am Tatort?“, will Ute wissen.

Fassungslos schüttelt die Freundin mit dem Kopf.

„Wir müssen einen P-l-a-n machen, wie wir sie überführen. Aber nicht hier, hier ist es mir absolut zu trocken. Es gibt eine kleine Kneipe, nur so 300 Meter von hier entfernt. Da gehen wir jetzt hin und dann wird das ausgearbeitet. Ich benötige dringend einen Apfelwein, besser gleich einen ganzen Bembel.“

„Schaffst du das denn zu Fuß bis dorthin?“, sorgt sich Rosi.

Rita schwingt die Krücke und ruft: „In acht Wochen sind wir auf Sylt, da möchte ich gern auf die Dinger verzichten.“

Als die Frauen auf die Ausgangtür zusteuern, öffnet sich diese plötzlich und ein Mann von circa 50 Jahren tritt ein. Sein schwarzes Haar ist bereits von einem ersten Grau durchzogen. Sein Blick wirkt gehetzt. Er ist nicht übermäßig groß, aber schlank. Sein Blick fällt auf Sophia.

„Papa?“, fragt sie ungläubig.

„Sophia“, er kommt auf sie zu, fast scheint es so, als ob er sie umarmen will, aber er stoppt kurz vor ihr ab.

„Was machst du denn hier?", will die junge Frau wissen und ihr Gesichtsausdruck verrät, dass sie sich gar nicht freut, ihn zu sehen.

Er fährt sich nervös mit seiner linken Hand durch die Haare. „Deine Mutter, meine Frau, ist ermordet worden und du meldest dich nicht bei mir?"

„Deine Ex-Frau", korrigiert Sophia und ihre Stimme klingt trotzig und das Ex dehnt sie extrem in der Aussprache.

Zwischen die beiden schiebt sich Ritas Krücke. „Wer sind sie? Was wollen sie hier und wer hat sie verständigt?"

Der Mann wendet sich Rita zu: „Sind Sie von der Kripo?"

„So ähnlich", stimmt die Landfrau zu, „wir ermitteln hier bereits in dem Fall ihrer Ex-Frau."

Ritas forsches Auftreten schüchtert den Mann offensichtlich sehr ein. „Ich bin Hartmut Edelweiß und wurde über den Mord an meiner Frau, äh Ex-Frau, verständigt. Da bin ich sofort hergefahren." Dann wendet er seinen Blick wieder seiner Tochter zu.

„Hübsch bist du geworden", findet er und streichelt sanft durch ihre schwarzen langen Haare.

„Lass das", zischt Sophia und wirft ihren Kopf zurück. Zu sehr erinnert sie diese Geste an ihre Kindheit. Die Abneigung gegenüber ihrem Vater steht ihr förmlich ins Gesicht geschrieben.

„Ich habe dich jedenfalls nicht verständigt. Wenn du Mama sehen willst, sie liegt noch immer in der Abteilung der Rechtsmedizin in Frankfurt. Da kannst du sie gern besuchen."

Die junge Frau beginnt hemmungslos zu weinen. Rosi ist sofort zur Stelle und Sophia lässt sich nur zu gern in die Arme der Landfrau fallen.

Nun ist auch Ute auf dem Plan. „Also, wer hat Sie über den Tod ihrer Ex-Frau benachrichtigt?"

Harald blickt hilflos durch die Lobby und überlegt verzweifelt, wie er diese alten Drachen loswird, die vorgeben, Ermittler zu sein.

„Rufen wir doch die Polizei wegen dieses Herren, der hier hereinspaziert und plötzlich Interna zum Mordfall weiß", schlägt Rita vor. „Die überprüfen sicherlich sehr gern ihr Alibi für die Nacht von Samstag auf Sonntagnacht."

Ute nickt.

„Am Samstagabend war ich in Nürnberg", gibt Harald zur Antwort. „Darf ich jetzt in Ruhe mit meiner Tochter sprechen?"

Rita schaut kurz zu Sophia hinüber, die immer noch weinend in Rosis Armen liegt. „Nein, ich will jetzt erst mal ihren Personalausweis sehen." Diese Redewendung kennt sie aus den Vorabendkrimis, die sie gern im Fernsehen sieht und sie erzielt ihre Wirkung. Tatsächlich beginnt Harald in seiner Jackentasche zu kramen und befördert ein Portemonnaie zutage. Er klappt es auf, blättert darin und reicht Rita schließlich seine Personalausweiskarte. Diese zieht mit umständlicher Geste ihre Lesebrille aus der Handtasche und beginnt zu lesen. Ute gesellt sich zu ihr und schaut der Freundin über die Schulter.

Plötzlich hält ein Auto vor der Tür der Rehaklinik. Die Lichtkegel seiner Scheinwerfer leuchten durch die Glastür in die Eingangshalle.

„Vielleicht ist es der Jeep", wispert Rosi und beginnt ein wenig zu zittern.

Ute eilt an die großen Glasscheiben. Ihr Blick ist geschockt und fassungslos, als sie sich zu ihren Freundinnen in der Eingangshalle umdreht und ruft: „Mädels, es ist ein Leichenwagen."

„Mord Nummer zwei. Dieses Mal hat der Täter direkt in Eulenstein zugeschlagen", brüllt Rita zurück und behält Hartmut dabei fest im Blick und seinen Ausweis im Griff.

„Na, ich war es nicht, ich bin ja hier bei euch“, ist seine gelassene Antwort. Langsam wird es ihm zu dumm und eigentlich will er auch nur mit Sophia sprechen.

„Dass sie jetzt hier sind, beweist auch nichts, der Mord kann Stunden oder sogar Tage her sein“, antwortet Landfrau Rita und reicht Hartmut seinen Personalausweis zurück.

Währenddessen hat der Bestattungsunternehmer ausgeladen. Zwei Männer, ganz in schwarz gekleidet, tragen einen Sarg in die Lobby der Rehaklinik hinein. Er ist aus braunem Holz und seinen Deckel ziert ein großes, goldfarbenes Kreuz. Unbeeindruckt gehen sie an den Frauen vorbei und drücken an der Rezeption auf die Nachtglocke. Sie scheinen sich bestens im Hause Eulenstein auszukennen. Es dauert einige Minuten, dann kommt die diensthabende Rezeptionistin aus einer der Bürotüren.

Die Frauen hören wie einer der Männer sagt: „Bestattungsunternehmen Hans Schäfer, sie haben angerufen, dass es was zum Abholen gibt?“

„Was zum Abholen gibt“, äfft Rita den Mann nach und ihre laute Stimme schallt quer durch die ganze Halle. Erstaunlich schnell bewegt sie sich in Richtung des Rezeptionscounters.

„Hier wird niemand hinaustransportiert, bevor nicht die Polizei verständigt ist“, faucht sie die Mitarbeiterin der Klinik an. Diese schaut mehr als eingeschüchtert drein und greift zum Telefon.

„Ich glaube, wir brauchen jetzt wirklich Handys, wir sind ja überhaupt nicht autark“, wispert Rosi leise Ute zu.

„Ihr habt alle kein Handy?“, Sophia schaut Rosi entgeistert an.

„Wir sind ein wenig retro“, gibt Ute zu, „aber das wird sich nun ändern, „so kann man ja nicht vernünftig ermitteln.“

Kapitel 5

LABBEDUDDEL?*

„Ute, jetzt renn doch nicht so", ruft Rosi. Sie bleibt stehen und schnauft wie eine alte Dampflok. Sofort ist Sophia an ihrer Seite und stützt sie liebevoll. Es ist um die Mittagszeit am Karfreitag und Ute, Rosi und Sophia befinden sich auf einer Anhöhe im Wald gegenüber der Eppsteiner Fachwerkstadt. Am Morgen, nach dem Frühstück, haben Ute, Rosi und Sophia Rita aus Eulenstein abgeholt. Rita hat bestimmt, dass es sinnvoll sein würde, dass die Landfrauen sich zunächst persönlich ein Bild des Tatortes machen sollen. Da der schmale Weg zum Neufville-Turm nur für Anwohner mit einem Auto befahren werden kann, ist klar, dass Rita unten warten muss. Sie ist in den kleinen Bahnhof gegangen und will im Lokal *Wunderbar* auf die Rückkehr und Erkenntnisse der Freundinnen warten.

„Wir wollen ja auch mal ankommen! Rita kann ja nicht ewig da unten alleine warten", brüllt Ute zurück und verlangsamt ihre strammen Schritte nur minimal. Als sie um die nächste Kurve biegt, stoppt sie plötzlich. Sie sieht einen großen, schlanken Mann, der mitten auf dem Weg steht. Er ist ganz in grauen Farben gekleidet und trägt eine

* *einfältiger, nicht energiereicher Mensch*

Umhängetasche aus Leinen, die ein blauer Schriftzug ziert. In seinen Händen hält er ein großes, altes Buch, aus dem er vorzulesen scheint. Vor ihm stehen vier Frauen und lauschen andächtig. Eine fünfte Frau steht ein wenig abseits und macht Fotos von der Szenerie. Rosi erreicht Ute schließlich stöhnend zusammen mit Sophia.

„Was machen die denn da?“, wundert sich Sophia. In ihrem jungen Alter ist sie kein wenig aus der Puste.

„Das werden wir gleich herausfinden“, meint Ute und nähert sich dem Mann.

Er ist so vertieft in seine Darbietung, dass er die Landfrau erst bemerkt, als sie unmittelbar vor ihm steht. Er schaut auf und grüßt höflich. Seine Stimme ist sehr tief und melodisch. Dann will er seinen Blick zurück auf das Buch wenden, doch Rita legt die Hand auf seinen Arm und fragt: „Entschuldigung, aber was machen sie denn hier mitten im Wald?“

Der Mann lächelt sie an und erklärt: „Ich mache einen literarischen Spaziergang heute am Karfreitag. Ich bin Antiquar und lese regelmäßig aus alten Büchern in der Natur vor.“

„Toll“, freut sich Rosi, kommt neugierig näher und versucht, auf das alte Buch zu linsen.

Der Antiquar bemerkt es und lächelt: „Es ist ein Buch über die Geschichte des Neufville-Turms.“

„Dahin sind wir auch unterwegs“, wirft Sophia ein.

Der Mann strahlt über das ganze Gesicht und lädt die Frauen an, sich ihm und der kleinen Gruppe doch gern anzuschließen. Dann kramt er ein Taschentuch aus seiner Jacke hervor und schnäuzt sich geräuschvoll die Nase.

Rosi hat ihm inzwischen das Buch aus der Hand genommen und beginnt begeistert darin zu blättern. „Wann waren sie das letzte Mal oben am Neufville-Turm?“, will Ute wissen.

Der Mann sucht den Blick der Fotografin. „Wann war es, weißt du es noch?“

„Letztes Jahr im September, glaube ich, als die Mondfinsternis war“, ist ihre Antwort. Der Antiquar nickt.

„Dann sind sie leider für uns völlig uninteressant“, erklärt Ute, „denn wir ermitteln hier in einem Fall, der sich erst vor Kurzem ereignete.“ Sie dreht sich um und winkt Rosi und Sophia, ihr zu folgen. Die Lesungsgruppe blickt ihnen leicht irritiert hinterher.

Schon stapft Ute wieder in großem Tempo bergauf.

„Tschuldigung“, murmelt Rosi noch in Richtung der Literaten und versucht, mit Sophia erneut Anschluss an die Freundin zu finden.

„Vielleicht beim nächsten Mal“, ruft der Vorleser den Frauen winkend hinterher.

Keine zehn Minuten später erreichen die Landfrauen ihr Ziel. Der steinerne Neufville-Turm erhebt sich durch den dichten Wald und seine Spitze scheint bis in den Himmel hinauf zu gehen. Japsend bleibt Rosi stehen. Als sie wieder normal atmen kann, meint sie: „Also, literarische Spaziergänge, das ist mal was. So was wird bei uns in Wülferode ja gar nicht angeboten. Ute, gibt es das in Travemünde?“

„Was weiß ich, auf dem Priwall nicht, aber das ist ja jetzt wohl auch nicht das Thema“, ist die Antwort der Freundin, die sich bereits dem Gartenzaun nähert.

„Da“, sagt Sophia und deutet auf die Garage, „das muss der Tatort gewesen sein, es sind noch die Reste der Absperrbänder zu erkennen.“

Dann nimmt sie die Kreidezeichnung der Umrisse des Leichenfundorts wahr. Die junge Frau beginnt hemmungslos zu weinen und Rosi nimmt sie in die Arme. Nun stützt sie die junge Frau. Währenddessen geht Ute auf die Garage zu. Ihr fällt sofort das rotweiße Wappen auf, dass auf der

Tür prangt und sehr an das Wappen der Stadt Eppstein erinnert. Ihre Augen sind suchend auf den Boden gerichtet. Sie nimmt einen Stock und durchwühlt das Laub, das noch seit dem Herbst hier zu liegen scheint. Es vergeht bestimmt eine Viertelstunde, bis Sophia sich beruhigt hat.

„Was suchen wir hier eigentlich?"

„Beweise, die die Polizei übersehen hat", ist Utes knappe Antwort. Aber so sehr sie auch sucht, sie findet nichts. Sie ist sogar so kühn und öffnet nach einer Weile die Garage, doch es parkt kein Auto darin.

„Vielleicht sollten wir mal den Turm umrunden und dort nach Spuren suchen", schlägt Rosi vor.

„Gute Idee", stimmt Ute zu.

Sie betreten den mit Pflanzen zugewucherten Weg. Am Fuß der Treppe, die hinauf zum Eingang führt, bleiben sie kurz stehen. Sophia ist nun mutig geworden und steigt als Erste die 23 Stufen hinauf. Die Landfrauen folgen ihr. Ob diesen Weg auch meine Mutter ging, fragt sie sich in Gedanken. Sie ist sich dessen aber sicher. Für den Moment tröstet sie das. Zwei Stühle stehen vor der Eingangstür und Ute und Rosi lassen sich wie selbstverständlich darauf nieder. Von hieraus können sie nicht nur ins Tal blicken, sondern auch die Burg vom Nachbarort klar erkennen, Burg Königstein.

Rosi streckt die Beine aus und meint: „Was ist das hier eigentlich nur für ein verwunschener Ort und so romantisch! Kaum zu glauben, dass er zum Schauplatz eines Verbrechens wurde."

Sophia dreht sich um und wählt den Weg um den Turm herum in den Garten. Rosi will ihr nacheilen, doch Ute hält sie zurück.

„Sie muss das jetzt hier erst mal allein verarbeiten, lass ihr Zeit."

Rosi versucht, in das Innere des Turms zu spähen. Das Fenster rechts neben der Tür gibt den Blick in eine kleine

Küche preis. Alles sieht so normal aus. Eine Arbeitsplatte, auf der ein paar Küchengeräte stehen und am Ende eine Kaffeemaschine. Nach einer Weile folgen Ute und Rosi Sophia. Diese sitzt auf einem Stuhl in einem Garten mit viel Wildwuchs und starrt vor sich hin.

„Sophia, Liebes, ist alles in Ordnung?“, hakt Rosi nach und nähert sich ihr vorsichtig.

Sophia nickt und rappelt sich langsam hoch. „Es ist seltsam, sich vorzustellen, dass Mama hier die letzten Minuten ihres Lebens verbracht hat. Warum hat man sie nur getötet? Und was war das Motiv?“ Erneut beginnt die junge Frau zu weinen und findet wieder Trost in Rosis Armen.

„Das Motiv, das Motiv“, murmelt Ute unablässig vor sich hin.

„Deine Mutter war hier offensichtlich verabredet“, erklärt ihr Rosi und erzählt von dem Zettel, den Rita im Mülleimer der Toten fand.

„Das kann nicht sein“, ist Sophias Antwort, „ich habe sie doch um 20 Uhr herum angerufen und da ist sie an ihr Handy gegangen und erzählte mir, sie sei beim Abendessen in der Klinik. Sie wollte später zurückrufen, doch das passierte nicht mehr.“

„Da war sie hier, ganz bestimmt. Sie hat dich angeschwindelt. Nur kurze Zeit später wurde sie vor der Garage erdrosselt“, wirft Ute zwar mit harter Stimme ein, aber sie fühlt sich dabei wie eine Lehrerin, die eine Schülerin zu Unrecht tadelt.

„Mama hat mich nie angelogen“, heult Sophia auch prompt wieder. „Wir sind doch ein Team, seitdem Papa einfach abgehauen ist. Also, wir waren eins.“

„Dieses Mal leider doch“, versucht Rosi die Situation auf den Punkt zu bringen. „Sie war garantiert mit dem Nagel verabredet, doch der hat für die Tatzeit ein wasserdichtes Alibi, denn er war angeblich gar nicht hier oben auf dem Neufville-Turm.“

„Und warum sollte Mama dann hier hinaufgestiegen sein – für was? Doch nicht für einen Mann! Sie hat mir immer gesagt, dass sie mit dem Thema Beziehungen abgeschlossen hat. Sie war so enttäuscht von Papa." Sophias Stimme überschlägt sich und verstummt schließlich.

„Wir finden hier nichts, was uns weiterhilft, lasst uns einfach wieder ins Tal gehen und mit Rita weiter überlegen, was wir tun", schlägt Ute vor.

Die drei Frauen erheben sich und schlagen sich durch das Dickicht an der Nordseite des Turms, als sie plötzlich ein Motorengeräusch hören.

„Volle Deckung", weist Ute an und die Frauen suchen Schutz im üppigen Grün und damit im Schatten des Turms. Sie beobachten, wie der ihnen inzwischen bekannte Jeep vorfährt und vor der Garage stoppt. Sehr zu ihrer Freude steigt nicht nur der Verwaltungsleiter Heinz Nagel, sondern auch der Leiter der Klinik, Professor Dr. Ralf Zimmermann aus dem Wagen. Die beiden scheinen Streit zu haben.

„Rosalie hat mir die halbe Nacht die Hölle heiß gemacht! Sie scheint zu ahnen, dass ich nicht bei dem Kongress übernachtet habe, obwohl es selbst für das Hotel so aussah", schreit der Professor.

Nagel springt deutlich fitter aus dem Auto: „Die hört auch noch das Gras wachsen! Dann sag es ihr doch endlich! Ich warte darauf seit Jahren! Wieso hat sie dich immer noch in der Hand?"

„Steuersachen und so", murmelt Zimmermann leiser und denkt dabei, und Bequemlichkeit meinerseits.

„Ralf, wir lieben uns. Unsere Treffen waren immer heimlich und ich habe versucht, dir Alibis zu verschaffen und für mich gleich mit. Alles nur, damit wir ja nicht in den Verdacht kommen, ein homosexuelles Paar zu sein. Das sind wir aber! Wie lange müssen wir uns noch verstecken?"

Professor Zimmermann lehnt sich an den steinernen Eingangspfeiler und beginnt hemmungslos zu weinen. Sofort ist Heinz bei ihm und schließt ihn in die Arme. „Verdammte Scheiße, ja, ich habe diese Ariane hier als Tarnung für mich zum Date bestellt. Wir haben die Haustür nicht aufgemacht und brauchten mal wieder ein Alibi für unsere unerlaubte Auszeit. Aber wer zum Teufel wusste davon und hat diese Frau vor meiner Haustür erdrosselt? Und vor allem warum?"

„Ich weiß es nicht", schluchzt der Professor und in diesem Moment würde kein Außenstehender ihn jemals für den Chef der berühmten Rehaklinik Eulenstein halten. Er wirkt wie ein gebrochener Mann. Sein *Nagel* übrigens nicht minder. Sie liegen sich in den Armen und weinen nun beide. Nach einer Weile lösen sie sich voneinander und schließlich hakt Nagel den viel größeren Professor unter und sie gehen Arm in Arm in Richtung Turm.

„Die sind wirklich ein Paar", staunt Rosi fassungslos.

„Nun haben wir die Bestätigung", pflichtet ihr Ute bei.

„Und sie waren es nicht. Das war ja eben eine ganz klare Aussage", resümiert Sophia.

Schnell rappeln sich die Frauen aus dem Gebüsch, in dem sie in Deckung gegangen sind, hoch und schleichen nahezu lautlos um den Turm herum. Die Pforte aus Holz quietscht beim Öffnen, doch sie schaffen es, ungesehen wieder auf den Waldweg zu gelangen. Auf ihrem Weg ins Tal drehen sich die Gespräche um das Thema von gleichgeschlechtlicher Liebe und der Akzeptanz dieser Verbindungen in der Gesellschaft. Der kleinen literarischen Gruppe, die ihnen erneut begegnet, schenken sie nur ein kurzes Nicken und stürmen an ihnen vorbei.

„Die waren ja schnell da oben fertig", sagt die Fotografin kopfschüttelnd zu dem Antiquar.

„Vielleicht Schaulustige, die den Tatort des Mordes von vor ein paar Tagen besichtigen wollten und enttäuscht waren, nichts mehr dort zu finden.“

„Meinst du? Das fände ich aber ganz schön krass.“

Die Landfrauen nehmen eine Biegung nach der nächsten. Runter geht es deutlich schneller als bergauf. Plötzlich bietet sich ihnen die Aussicht auf die Eppsteiner Altstadt. Rosi bleibt stehen und zückt den Fotoapparat. „Ist das schön, schaut mal, wie die späte Mittagssonne gerade auf die alte Burgruine fällt. Es sieht aus wie eine Postkarte.“

Ute zerrt sie weiter. „Wir haben jetzt keine Zeit für Kunst, Rita wartet und wir müssen unbedingt überlegen, was jetzt zu tun ist.“

Sie treffen die Freundin im Erdgeschoss der *Wunderbar Weite-Welt*. Sie sitzt auf einem Barhocker, hat ein dampfendes Getränk vor sich stehen und strahlt.

„Da seid ihr ja endlich. Schaut mal, Apfelwein schmeckt heiß gemacht auch toll. Es ist schon mein zweiter Becher. Da ist jetzt sogar noch Calvados drin, eine Empfehlung der Bedienung. Das Getränk heißt Scharfer Franzos!“

„Warum bist du denn nicht nach oben in das Lokal gegangen? Da ist doch bestimmt die Aussicht viel besser?“, will Rosi wissen.

Rita deutet auf die steile Treppe. „Es gibt keinen Fahrstuhl.“

Das leuchtet den Freundinnen ein. Sie bestellen bei der freundlichen Bedienung ebenfalls heißen Apfelwein, allerdings ohne Calvados, nur Sophia bevorzugt einen Cappuccino. Dann berichten sie Rita haarklein, was sie im Schatten des Turms belauscht haben.

„So, so der Zimmermann hat Angst, von seiner Frau entdeckt zu werden. Na, das ist ja niedlich“, lacht sie laut und ein wenig albern auf. Zum Glück sind sie allein im unteren Teil des Restaurants, sodass sie offen reden können.

Ute haut ihr sanft mit der Hand auf die Stirn. „Rita, mit dem Geständnis scheiden sie als Mörder aus! Hallo, es waren unsere Hauptverdächtigen. Was machen wir denn jetzt bloß?"

Rita grinst immer noch über beide Wangen.

„Vielleicht hilft es uns, wenn wir über das Motiv …", weiter kommt Sophia nicht, denn Rita haut mit der Faust auf den Tisch und ruft mit triumphierender Stimme:

„Der Mörder war eine Frau!"

„Psst", mahnt Rosi nun doch zur Vorsicht, denn auch wenn sie hier unten allein sind, kann sie deutlich das Stimmengewirr aus dem Obergeschoss hören.

„Woher weißt du das denn jetzt?", hakt Ute nach.

Rita kramt in ihrer Handtasche und befördert eine Plastiktüte hervor. Schnell streift sie ihre Handschuhe über, um keine Spuren zu hinterlassen und zieht mit spitzen Fingern ein paar Damenlederhandschuhe hervor, die sie sorgsam auf die Tüte legt. Sie sind schwarz. „Vermutlich Größe XL", sagt Rita, „mir würden sie nicht passen."

Ihre Freundinnen und Sophia blicken ein wenig verständnislos drein. Rita seufzt. Dass die Mädels auch manchmal so eine lange Leitung haben!

„Guckt mal, die Handschuhe sind schon älter und seht euch mal die Stellen an, wo die Finger beginnen, da ist das Leder aufgesprungen. Das kann durch eine hohe Reibung passiert sein. Wieder greift sie sorgsam in der Tüte. Und hier haben wir kleine Überreste eines Strickes und hier vermutlich die eines türkisen Schals.

„Mama hat immer nur türkise Schals oder Tücher getragen", ruft Sophia überrascht aus.

Rita nickt eifrig und befördert eine Lupe aus ihrer Handtasche hervor.

Die Frauen betrachten staunend die Gegenstände in der Vergrößerung. „Es ist definitiv ein Damenhandschuh und zwar ein richtig teurer, denn auf der Oberfläche sind sogar Swarovski-Steine drauf. So was schmeißt keiner nur wegen der kleinen Lederbruchstellen weg."

„Woher hast du diese Handschuhe?", will Ute wissen.

„Aus dem Mülleimer vor dem Bahnhofsvorplatz", freut sich Rita, „ich glaube, Jan Feder hätte mich befördert, wenn ich ihm noch davon berichten könnte."

Sophia sieht Rita fragend an, doch Ute winkt ab.

„Nun lass mal den Kram mit deinem verstorbenen Fernseh-Kommissar. Wie bist du auf die Idee gekommen, hier am Bahnhof im Mülleimer zu wühlen?"

„Ich war sauer, weil hier kein Fahrstuhl war, da bin ich erst mal Richtung Bahnhof gegangen und habe mich einfach mal so ein wenig umgesehen. Da traf ich dann einen Mann, der mich ansprach. Ich stand direkt neben dem Mülleimer und er beschwerte sich, warum auch immer, bei mir, dass die Mülleimer in dieser Woche vor Ostern nicht mehr geleert worden wären, obwohl es im städtischen Abfallkalender angekündigt war. Es war der Mülleimer, der dem Busbahnhof und damit der Straße am nächsten stand. Ich habe dann gewartet, bis der Mann weg war und hatte so eine Eingebung. Unauffällig stocherte ich mit meiner Krücke ein wenig an der Mülloberfläche herum und plötzlich angelte ich diese Plastiktüte aus dem Müll heraus. Natürlich zog ich sofort meine Handschuhe an, um keine Fingerabdrücke zu hinterlassen. Ich sah hinein und fühlte ein Kribbeln. Ich nahm die Tüte mit und untersuchte den Inhalt hier im Restaurant genau. Da sah ich auch erst die Reste des Strickes und des Schals, die in den Lederbruchstellen zum Teil noch stecken."

„Cool", findet Sophia und klopft Rita anerkennend auf die Schulter.

„Die Spurensuche hat oben am Turm bestimmt alles durchkämmt, aber auf die Idee, hier unten zu suchen, sind sie sicher nicht gekommen", wirft Rosi sachlich ein.

„So ist es", stimmt Rita zu und strahlt immer noch vor Freude.

„Was machen wir denn jetzt?", will Sophia wissen.

Rita beginnt die Sachen vorsichtig wieder in die Tüte einzupacken. „Ist doch klar, wir fahren jetzt zur nächsten Dienststelle der Kriminalpolizei und bringen die Ermittlungen mal ein wenig auf Trab. Hoffentlich sind die hier ein wenig kooperativer als damals auf Sylt oder in Travemünde!"

Sophia schnappt nach Luft: „Aber da habt ihr ja wirklich keine Morde aufgeklärt, oder?"

Sie merkt, dass sie ihre neuen Freundinnen wirklich erst kurz kennt. Nachdem die Sache in der Rehaklinik gestern Abend doch peinlich endete, will sie nicht schon wieder eine große Welle veranstalten. Tatsächlich war ein Patient an Herzversagen gestorben und der Amtsarzt war schon Stunden zuvor da gewesen. Der Bestattungsunternehmer hat lediglich den Auftrag gehabt, den Verstorbenen am späten Abend abzuholen, damit nicht weiteres Gerede in der Klinik entstand. Die Polizei hat der Rezeptionistin freundlich erklärt, dass hier alles in Ordnung ist und sie nicht kommen müssen. Danach war Sophia ziemlich schnell mit Ute und Rosi ins Gasthaus zum Taunus gefahren.

„Nein, weißt du doch", zwinkert Rita ihr zu, „da ging es um andere Sachen als Mord, aber davon erzählen wir dir später mal. Du kannst uns vertrauen, auch wenn das gestern Abend ein Schuss in den Ofen war."

Auch die Landfrau hat den unnützen Aufstand offensichtlich nicht vergessen. Sie winkt die Bedienung heran, die gerade die Treppe aus dem Obergeschoss herunterkommt. Sie kassiert und hebt erstaunt die Augenbrauen, als die Frauen sie fragen, wo sich die nächste örtliche Station der Kriminalpolizei befindet. So eine Frage hat ihr noch kein Gast gestellt. Nach der nächsten Polizeiwache ist sie schon oft gefragt worden, aber ihre Gäste fragen gezielt nach der

Kriminalpolizei! Sie bietet sofort ihre Hilfe an, denn natürlich ist sie neugierig geworden. Ob das was mit der erdrosselten Frau auf dem Neufville-Turm zu tun hat? Sie bietet an, eben mit ihrem Smartphone zu googeln. Geduldig warten die Frauen.

„Definitiv brauchen wir Handys", wiederholt sich Rosi.

„Am besten iPhones, ich kann die mit euch einrichten", bietet Sophia an.

„Also das LKA, das Landeskriminalamt, sitzt in Wiesbaden, aber die nächste Kriminalpolizei ist in Hofheim", teilt die Bedienung mit. Sie sieht auf und lächelt erwartungsvoll. Doch die Landfrauen und Sophia sind schneller aus dem Restaurant heraus, als die Kellnerin weiterfragen oder helfen kann. Sogar Rita mit ihren Krücken. Sie besteigen Kallis klapprigen Golf, biegen vom Bahnhof rechts auf die Bundesstraße ab und fahren dann geradeaus. Kurz vor dem Ortsausgangsschild biegen sie ab in Richtung Hofheim.. Auf der Fahrt schweigen alle angespannt. Sie bemerken gar nicht die Schönheit des Lorsbachtals, durch das sie fahren. Die vier Frauen blicken stur geradeaus.

Kriminalrat Frank Eisenhauer freut sich über einen entspannten Dienstnachmittag am Karfreitag. Seine zwei Kollegen schauen sich gerade die Aktenlage eines alten Falls an und er überlegt, ob er sich jetzt über sein Stück Apfelweinkuchen hermachen soll, das ihm seine Frau heute Morgen für die Tagesschicht mitgegeben hat. Bisher ist alles schön ruhig. Sie hatten bisher nur heute Morgen um 10 Uhr einen Einbruchsversuch in einem Einfamilienhaus in Kelkheim-Hornau. Der Täter konnte aber noch an Ort und Stelle festgenommen werden. Im vermeintlich menschenleeren Haus war ein wachsamer Terrier zurückgelassen worden, der sofort Alarm schlug. Die Nachbarn nebenan reagierten spontan und riefen die Polizei, die den Einbrecher nur fünf

Minuten später am Bahnhof fasste. Erbeutet hat er nichts, sitzt nun aber in Untersuchungshaft in Frankfurt. Ebenso konnte man ihm den versuchten Einbruch in der Eppsteiner Altstadt vor wenigen Tagen nachweisen, da man eine Waffe bei ihm sicherstellte. Dann gab es noch einen Falschparker, der meinte, sein Fahrzeug mitten auf dem Marktplatz, Kelkheims neuer Mitte, über Stunden abzustellen. Die Polizei aus Kelkheim hat den Abschleppwagen gerufen und das Fahrzeug auf den nächsten öffentlichen Parkplatz befördern lassen. Bisher hat sich der Besitzer noch nicht gemeldet. Die Information war für ihre Polizeidienststelle nur nachrichtlich gewesen, denn das Fahrzeug war nicht als gestohlen gemeldet. Sein Blick fällt auf die Akte, die mit drei Großbuchstaben gekennzeichnet ist: *NVT*. Er seufzt und anstatt den Kuchen aus der Tupperdose zu nehmen, schlägt er das Schriftstück auf. Im Fall der ermordeten Frau am Neufville-Turm sind er und seine Kollegen bisher keinen Schritt weitergekommen. Sie haben das Außengelände des Turms komplett mit Spürhunden durchkämmt, doch nichts gefunden. Der Bewohner des Turms hat ein Alibi für die Tatzeit und auch in der Reha-Klinik, wo die Ermordete in Behandlung war, fanden sie keine Spur. Nicht mal in ihrem Zimmer. Die Staatsanwaltschaft hat die Leiche heute Morgen freigegeben: Tod durch Erdrosseln. Weitere Spuren, wie zum Beispiel die einer Vergewaltigung, konnten nicht gefunden werden. Frank hat keine Idee, was die Kripo in diesem Fall noch zur Aufklärung tun könnte. Den Ex-Mann der Frau hat er telefonisch verständigt. Er war heute Morgen auf der Wache gewesen, doch auch er konnte nichts zur Aufklärung beitragen, denn seine ehemalige Frau und er gingen seit fünfzehn Jahren getrennte Wege. Zu seiner Tochter habe er ebenfalls keinen Kontakt und hätte sie gestern Abend in der Klinik zum ersten Mal seit langer Zeit wiedergesehen. Für die Tatzeit hat er ein Alibi. Hartmut Edelweiß ist mit seiner Freundin am Samstagabend zu einer privaten Geburtstagsfeier eingeladen gewesen. Die Kollegen aus Nürnberg haben das überprüft und bestimmt zehn Zeugenaussagen gesammelt. Eisenhauer vermutet jedoch, dass die Angehörigen sehr bald Druck machen werden, wenn sich keine Neuigkeiten in dem Fall ergeben würden. Das ist auch verständlich, doch was kann die Polizei ausrichten, wenn es keine Spuren gibt? Es gibt sie selten, doch immer noch, die perfekten Verbrechen. Vielleicht sollte er die Tochter der Ermordeten doch vor Dienstag schon einmal auf die Wache bestellen? An diesem Tag haben sie einen gemeinsamen Termin im Leichenschauhaus. Der Klinikleiter hat gesagt, dass sie schon gestern in den Taunus gekommen ist. Doch ob sie danach nicht wieder nach Hause gefahren ist, um dann am Dienstagmorgen wiederzukommen, weiß er nicht. Was sollte sie hier auch das ganze Osterfest machen? Von seinem Schreibtisch aus kann er auf den Fußballplatz des SV Hofheim am Taunus 09 schauen. Momentan scheint dort ein Fußballturnier für Jugendmannschaften zu laufen. Plötzlich sieht er einen alten, cremefarbenen Golf, der schwungvoll auf den Parkplatz der Polizeidirektion Main-Taunus fährt. Aus ihm steigen drei ältere Frauen und eine jüngere aus. Eine der älteren Frauen geht an Krücken. Was wollen die denn jetzt, denkt er und ärgert sich, dass er die Tupperdose mit dem Kuchen nicht schon vor einer Viertelstunde geöffnet hat. Es klingelt. Er betätigt den Summer und lässt die Frauen eintreten.

„Wie kann ich ihnen denn heute am Feiertag helfen?", versucht er es diplomatisch und wie er findet, professionell. Was er dann hört, lässt ihm klarwerden, dass es mit der ruhigen Feiertagsschicht von diesem Moment an vorbei ist.

Nach der anfänglichen Aufregung im Flur hat Eisenhauer es irgendwie geschafft, Rita, Ute, Rosi und Sophia in seinem Arbeitszimmer am Schreibtisch zu platzieren. Sie haben sich darauf geeinigt, dass immer nur eine Frau spricht und Sophia ihre Weinkrämpfe zu unterdrücken versucht, jedenfalls so lange, bis das Protokoll sachlich und korrekt aufgenommen ist. Der Beamte tippt also Zeile um Zeile in seinen Bericht und stellt immer mal wieder Rückfragen. Besonders gut kommen diese allerdings nicht an. So will er wissen, was denn die Frauen am Neufville-Turm heute Mittag gesucht hätten.

„Na, Spuren", war Utes Antwort gewesen und sie hatte irritiert über diese Frage mit dem Kopf geschüttelt. Eisenhauer ist es nicht gewohnt, dass Landfrauen von irgendwoher sich in die Ermittlungen der örtlichen Kripo einmischen. Das lässt er sie auch deutlich spüren. Sein Hinweis, dass das Gelände am Turm komplett nach Spuren durchforstet wurde, lassen die Frauen nicht gelten.

„Nur den Mülleimer unten am Bahnhof habt ihr wohl vergessen", wirft Rita ein und Eisenhauer zuckt bei der vertraulichen Ansprache zusammen.

„Ja, ähm, da haben Sie wirklich einen interessanten Fund gemacht."

Rita lehnt sich entspannt zurück und grinst. Der Junge ist ein Labbeduddel, aber noch biegsam, denkt sie. Eisenhauer tippt und tippt, schließlich ist er fertig und druckt das Protokoll aus. Die Tüte mit dem wertvollen Inhalt, die Rita quer über den Tisch verteilt hat, sammelt er sorgfältig mit einer Pinzette wieder ein.

„Die kommt sofort ins Labor."

Die Landfrauen lächeln ihn nun geradezu liebreizend an. So hatten sie sich das auch vorgestellt.

„Wie geht es jetzt weiter, was unternehmen wir?", fragt Rita und trommelt zur Unterstreichung ihrer Ungeduld mit den Fingern auf den Tisch. Eisenhauer lehnt sich zurück.

„Na ja, wir, also die Kripo, untersuchen jetzt natürlich die Handschuhe im Labor und ich hoffe, wir finden

Hautschuppen oder etwas Ähnliches für einen DNA-Abgleich."

„Ja, und dann", ruft Ute?

„Und was machen wir?", fordert Rita den Kriminalrat auf.

„Die Kripo muss überlegen, wer ein Motiv hätte, Frau Edelweiß zu töten und dann versuchen, den Kreis der Frauen, die sich in ihrem Umfeld bewegt haben, einzukreisen. Das ist aber in erster Linie Arbeit der Kripo. Wenn Sie aber, insbesondere in der Klinik, etwas Auffälliges bemerken, geben Sie mir direkt Bescheid. Hier ist meine Karte."

„Sag ich doch, es fehlt das Motiv, was kann es nur sein", bricht es aus Sophia heraus und nun fängt sie doch wieder an zu weinen.

„Alle Frauen in Eppstein und Umgebung stehen nun theoretisch unter Verdacht", gibt Eisenhauer zu bedenken und lehnt sich in seinem Sessel zurück. „Im schlechtesten Fall war es sogar jemand von auswärts."

„Na, Ute und ich kamen ja erst nach dem Mord an und Sophia sowieso", piepst Rosi, die plötzlich Angst bekommt.

Rita deutet auf ihre Krücken. „Ich kann momentan nicht mal eine Treppe zu Fuß hinaufgehen, glauben Sie, dass ich am Abend auf den Neufville-Turm krieche und meine Mitrehabilitandin erdrossele?"

Der Beamte steht auf und geht um den Tisch herum. „Meine Damen, ich habe doch nicht sie gemeint. Sie haben uns einen wertvollen Hinweis geliefert, dem wir nun nachgehen werden und zwar im Umfeld der Toten und natürlich in der Klinik."

Dann wendet er sich Sophia zu. „Wo waren Sie eigentlich am Samstagabend zur Tatzeit?"

Diese blickt auf die Tischplatte vor sich. „Zu Hause."

„Allein?", hakt der Kriminalrat nach.

„Ja", ist die einsilbige Antwort.

Rita, Ute und Rosi werfen sich einen Blick zu.

„Jetzt lassen Sie mal unsere Freundin Sophia in Ruhe! Sie ist schon genug durch den Wind, weil ihre Mutter ermordet wurde. Es ist ja lächerlich, sie zu verdächtigen. Kümmern Sie sich mal lieber um die Rehaklinik Eulenstein, da ist nämlich gestern die nächste Leiche produziert worden. Wir haben den Bestatter selbst gesehen und ein Anruf bei der Polizei ergab, dass es angeblich ein normaler Tod war", ist Ritas Antwort, die langsam das Gefühl hat, dass der Kriminalrat sie loswerden will, was ja auch stimmt.

„Da kann ich Sie beruhigen. Der Mann ist wirklich eines natürlichen Todes gestorben. Das kann ja in einer Klinik mal passieren. Sie sind ja irgendwie so etwas wie Miss Marple hoch drei, was? Wo haben Sie denn Mister Stringer gelassen?", feixt Frank schon besser gelaunt und schaut die drei Landfrauen nacheinander an.

„In Travemünde", schallt es zugleich und lautstark aus den Mündern der Landfrauen. Danach sehen sie sich unsicher gegenseitig an. Utes Beziehung zu Kalli ist offiziell, Rosis zu Josefs noch geheim und was Rita und Hans-Hugo angeht, ist eigentlich noch alles offen. So wundern sie sich alle drei über ihre einheitliche Antwort.

Als Sophia merkt, dass der Fokus nicht mehr auf ihr liegt, hebt sie den Kopf und schielt verstohlen zu den Freundinnen hinüber. Doch diese erheben sich gerade und machen ihr in keiner Weise den Anschein, als ob sie Sophia auch für verdächtig halten. Sie scheinen eher an der *Mister-Stringer-Antwort* zu kauen.

Als sich die Tür der Polizei schließt und alle wieder auf der Straße stehen, meint Rita: „Labbeduddel! Mädels, den Fall müssen wir selbst lösen, der gute Kriminalrat Eisenhauer scheint mir dafür nicht der richtige Mann zu sein. Der kann höchstens Kriminaltango tanzen in der Taverne!" Sie beginnt das berühmte Lied zu summen.

Ute und Rosi nicken eifrig, nur Sophia will wissen „Was ist das eigentlich ein Labbeduddel? Und wer ist Mister Stringer eigentlich? Der wohnt in Travemünde?“

Die Landfrauen beginnen laut zu lachen und sogar Sophia stimmt mit ein, obwohl die Situation sich mehr als ernst gestaltet. Dabei beäugen sich die Frauen jedoch genau untereinander.

Wir müssen wirklich mal in Ruhe über die Männer reden, wenn das hier alles vorbei ist, scheinen alle drei zu denken, doch keine spricht es offen aus.

Eisenhauer beobachtet das Grüppchen durch das Fenster. Ihre Worte kann er zwar nicht verstehen, aber es kommt ihm doch seltsam vor, dass man seine Wache bei so einem ernsten Anlass mit lautem Gelächter verlässt. Er kehrt zurück an seinen Schreibtisch und gibt den vollständigen Namen von Sophia in den Polizei-Computer ein. Der Rechner arbeitet einen Moment, dann spukt er tatsächlich eine Information aus. Die junge Dame, die so herzlich weinen kann, ist bereits zweifach vorbestraft wegen unerlaubten Drogenbesitzes. Der letzte Fall ist erst wenige Monate her. Eine Haft war ihr bisher erspart geblieben, dafür leistet sie momentan freiwillige soziale Stunden in einer Reha-Klinik in Nürnberg ab. Ihr Arbeitgeber - sie war Bundesbeamtin - hat sie nach dem zweiten Zwischenfall dieser Art aus ihrem Dienstverhältnis entlassen. Seitdem gilt sie offiziell als arbeitssuchend. Eisenhauer nimmt sich vor, gleich morgen früh nach Nürnberg zu fahren, um der Klinik, in der Sophia arbeitet, einen Besuch abzustatten, um nähere Erkenntnisse über sie in Erfahrung zu bringen.

Kapitel 6
GEHAAME GESCHDÄNDNISCHE*

Sie sitzt in einem Sessel, starrt vor sich hin und ist allein am Feiertag. Das großzügig geschnittene Wohnzimmer ist so penibel aufgeräumt, dass es fast steril wirkt. Kein Staubkorn hat seinen Weg auf die massive Anrichte aus alter Eiche gefunden. Moderne Bilder hängen an den Wänden, die meisten sind von Picasso. Es sind Originale. Vor ihr steht ein Glas, das randvoll mit einem teuren Whisky gefüllt ist. Sie trinkt ihn pur, ohne Eis und in hastigen Zügen. Ihr Blick bleibt an dem Bild *Weinende Frau* hängen. Sie denkt zurück an Samstagabend. Geweint hat ihr Opfer nicht, eher versucht zu schreien, aber sie war gut vorbereitet gewesen. Sie war schließlich in jungen Jahren Hessenmeisterin im Judo gewesen. Die entsprechenden Griffe verlernt man nie. Nun ist fast eine Woche vergangen. Eine Woche, die sie von höchster Euphorie in tiefste Depressionen getrieben hat. Ihr war ein Fehler unterlaufen! Es war ihr offenbar gelungen, das perfekte Verbrechen zu begehen, wenn es auch die falsche Person getroffen hat. Dabei war sie sich so sicher gewesen. Die Größe passte, der türkise Schal, der Ort. Sie nimmt trotzdem Papier und

* *Geheime Geständnisse*

einen Kugelschreiber zur Hand und beginnt einen Brief zu schreiben, um auf dem Weg vielleicht ihr Trauma zu bewältigen. Es kommt ihr aber sinnlos vor, denn der Mord hat für sie persönlich nichts verändert, geschweige denn ihre Lage verbessert, im Gegenteil. Sie schließt die Augen und versucht sich in die Angehörigen der Toten hineinzuversetzen. Vielleicht war sie verheiratet gewesen? Hat Kinder gehabt? Ob es für die Familie einfacher wäre, den Tod eines geliebten Menschen zu verkraften, wenn sie erfahren, dass man ihre Frau und Mutter aufgrund einer Verwechslung getötet hat? Dass es gar kein Motiv gab? Sie kann es sich nicht vorstellen. Sie macht eine Schreibpause und steht auf. Sie ist barfuß und ihre Füße versinken in dem flauschigen, weißen Teppich bei jedem Schritt. Sie leert ihr Glas in einem Zug und bleibt vor dem großen Spiegel in der Diele stehen. Sie betrachtet sich eine Weile, kann jedoch kaum eine äußerliche Veränderung ihrer Person feststellen. Gut, um ihre Augen herum sieht sie ein paar mehr kleine Falten als sonst, aber das ist kein Wunder, denn seit letztem Samstag schläft sie nicht besonders gut und schon gar nicht durch. Am schlimmsten ist es für sie, dass das eigentliche Opfer immer noch frei herumläuft. Erst vorhin rief sie wieder an, heuchelte Mitleid vor, dass der Mordfall noch nicht aufgeklärt sei. Dabei feiert sie sicher weiter Orgien mit ihrem Ehemann, während sie selbst mal wieder allein zu Hause sitzt und das am Feiertag. Ihre Gedanken wandern viele Jahre zurück. Sie sieht sich wieder mit 19 Jahren in der Aula ihres Gymnasiums stehen. Sie hat ihr Abiturzeugnis als Jahrgangsbeste in der Hand. Sie ist glücklich. Da kommt ihre damalige beste Freundin auf sie zu und an der Hand schleppt sie ihren Schwarm Sven. Lachend erklärt sie, dass Sven und sie nun seit gestern ein Paar wären und planen, gemeinsam nach München zum Studieren zu gehen.

Sie war damals in eine Schockstarre gefallen. Hatte kaum reagiert und war auch am Abend nicht zum Abiball erschienen. Gesprochen hat sie mit ihrer Freundin nie über ihre Gefühle für Sven, aber sie dachte, dass diese es doch genau wusste. Sie hat danach nie wieder von ihr gehört, bis sie plötzlich als neue Mitarbeiterin vor etwa einem Jahr in der Klinik Eulenstein aufgetaucht ist.

Über Sven haben die Frauen niemals wieder gesprochen. Sie kam zurück als Single und sie hat, wann immer sie in der Klinik war, beobachtet, wie herzlich die ehemalige Schulfreundin mit ihrem Mann umging. Wo dieser momentan ist, weiß sie nicht. In den letzten Tagen kreisen ihre Gedanken darum, ob sie noch mal einen Versuch unternehmen soll, die eigentliche Zielperson, die dabei ist, erneut ihr Leben zu ruinieren, zu eliminieren. Doch das scheint ihr zu riskant. Sie wirft sich wieder in den Sessel und schenkt sich Whisky nach. Sie nimmt einen großen Schluck.

Dann zerreißt sie das Papier mit dem bereits Geschriebenen in klitzekleine Schnipsel und entsorgt es im Kamin. Sie nimmt die Tageszeitung zur Hand. Das Bild vom Neufville-Turm auf Seite 2 fällt ihr sofort ins Auge. Im dazugehörigen Artikel bittet die Kriminalpolizei um die Mithilfe der Bevölkerung. Die tappen immer noch im Dunkeln, denkt sie. Gesucht werden Personen, die sich am letzten Samstag zwischen 19 und 21 Uhr in der Nähe des Turms oder am Bahnhof aufgehalten haben. Man sei für jeden Hinweis dankbar! Plötzlich kommt ihr eine Idee und sie grinst. Ja, sie würde einen Brief an die Hinterbliebenen schreiben. In diesem wird sie klarstellen, dass der vermeintliche Mörder eine Mörderin war und geschickt die Spur auf ihr eigentliches Opfer lenken. Damit wäre sie diese Intrigantin los, ohne noch mal selbst Hand anlegen zu müssen. Knast statt Tod, die kann sich eigentlich glücklich schätzen, findet sie und greift motiviert zu Papier und Stift.

Günther Kaffenberger hat fast den ganzen Feiertag lang überlegt, doch dann greift er zum Telefon und ruft seine Kollegin Beate an. Privat haben sie bisher nur einmal telefoniert, doch er hat die Nummer aufbewahrt. Beate geht gleich nach dem ersten Klingeln ran. Fast so, als hätte sie neben dem Telefon auf seinen Anruf gewartet.

„Günther", freut sie sich dann auch, „wie schön, dass du anrufst."

„Hallo Beate. Entschuldige, wenn ich vielleicht störe."

„Nein, nein, du störst gar nicht. Ich gammele so den Tag vor mich hin und irgendwie bekomme ich den Mordfall nicht aus dem Kopf", antwortet sie.

„Ich auch nicht", gibt der Controller zu. „Weißt du was Neues?"

Beate schüttelt mit dem Kopf, als ob er sie sehen kann, dann besinnt sie sich: „Nein, ich habe vorhin mal Rosalie angerufen, aber sie wusste auch nichts Neues. Der Big Boss ist außerdem anscheinend mal wieder nicht zu Hause."

„Der scheint ja neuerdings dauernd unterwegs zu sein", ist seine Antwort.

„Ja, und sie leidet so. Das merke ich genau, ich kenne sie doch seit über dreißig Jahren, wenn wir uns auch viele Jahre aus den Augen verloren hatten. So eine Schulfreundinnenzeit prägt doch fürs Leben."

Günther stimmt seufzend zu. „Konntest du sie fragen, was Zimmermann und Nagel am Sonntagvormittag in der Klinik wollten?"

„Nein, sie war so abweisend, da habe ich mich nicht getraut, etwas zu fragen, was in die Richtung geht. Ich hatte den Eindruck, dass sie getrunken hatte."

„Scheiße", murmelt Kaffenberger, „ihr letzter Entzug ist zwei Jahre her, glaube ich. Da muss doch aber jetzt der Herr Professor – Mister Saubermann – mal ran, oder?"

„Ach, Rosalie hat Probleme mit Alkohol? Das wusste ich gar nicht. Dann sollte da jetzt wirklich mal was passieren", bekommt er zur Antwort.

„Du bist ja erst seit einem Jahr bei uns, das kannst du also nicht wissen. Sie hat sich eigentlich immer gut im Griff. Du, ich habe noch mal an unser Meeting zurückgedacht, da hat der Chef ja immer behauptet, dass Herr Nagel in der Tatnacht gar nicht auf dem Neufville-Turm war. Weißt du, wo er denn war?"

„Nö, das hat niemand bisher gesagt. Aber ehrlich, hältst du ihn für den Mörder, nur weil es vor seiner Tür geschah?"

Sie streicht sich eine Haarsträhne aus dem Gesicht. „Man kann ja niemals in Leute reinschauen, aber ich persönlich halte ihn für so etwas für nicht stark genug."

„Geht mir auch so", versichert Kaffenberger. „Was anderes", er druckst ein wenig herum, dann fragt er: „Hast du morgen vor dem Osterfeuer am Abend schon was vor?"

Beate überlegt. Sie hat natürlich schon lange die Schwärmereien ihres Kollegen für sich bemerkt und normalerweise immer abgeblockt, wenn Gespräche in diese Richtung gelaufen sind. Doch warum eigentlich? Günther ist in ihrem Alter, ebenfalls ungebunden und überaus sympathisch.

„Ich will morgens auf den Markt in Kelkheim. Danach habe ich eigentlich noch nichts weiter vor. Am Abend muss ich dann natürlich wie du zu dem offiziellen Osterfeuer bei den Zimmermanns."

„Wollen wir am Mittag einen Osterspaziergang über Burg Eppstein machen?", kommt es sofort und wie aus der Pistole geschossen von Kaffenberger.

Sie überlegt wieder, antwortet dann: „Ja, warum eigentlich nicht. Treffen wir uns so um 14 Uhr vor dem Burgcafé?"

„Wunderbar, ich wünsche dir noch einen schönen Abend." Dann legt Günther auf und beginnt, vor Freude durch die Wohnung zu hüpfen. Endlich, endlich hat er es geschafft, ein

Date mit ihr zu vereinbaren. Darauf wartet er schon lange. Beate sieht noch eine Weile den Hörer an. Sie konnte sich gar nicht mehr verabschieden. Sie zweifelt zwar noch, denn sie trennt in Beziehungen Beruf und Privates normalerweise strikt, doch momentan ist es eine Ausnahmesituation, in der sie alle stecken. Nur kurze Zeit später geht sie fröhlich pfeifend in Richtung Schlafzimmer. Sie muss unbedingt in ihrem Kleiderschrank nachsehen, was sie Passendes für einen Osterspaziergang auf Burg Eppstein zum Anziehen finden kann. Am besten ein Kleidungsstück, dass Günther bisher noch nicht an ihr gesehen hat.

Nach ihrem erfolgreichen Besuch bei der Kripo in Hofheim haben die Landfrauen Hunger. Sie fahren einige Zeit mit Sophia herum, doch es ist später Nachmittag am Karfreitag und viele Restaurants haben noch geschlossen oder machen heute gar nicht erst auf. Auch das Gasthaus zum Taunus öffnet erst in über einer Stunde sein Restaurant. So lange können und wollen sie nicht warten. Sie landen schließlich in einer Döner-Bude in der Eppsteiner Altstadt. Hier bestellt man am Tresen und kann sich dann zum Essen hinsetzen. Es ist ganz gemütlich eingerichtet, doch die große Tafel, an der die Essen stehen, überfordert die Landfrauen komplett. Es ist ihr erster Besuch in einer Döner-Bude. Der Mann hinter dem Tresen wartet geduldig.

„Was mögt ihr denn jetzt?“, will Sophia ungeduldig wissen.

Alle drei Landfrauen schauen ein wenig hilflos drein.

„Vielleicht eine Currywurst mit Pommes“, piepst Rosi mit hilfloser Stimme. Neben der Pizza-Auswahl ist es das einzige Gericht, das sie kennt.

Rita redet dazwischen. Sie fuchtelt wild mir ihrer rechten Krücke und ruft: „Lahmatschun? Was ist das zum Teufel?“

Sophia lacht, obwohl ihr nicht danach ist. „Also wir sind hier in einer Döner-Bude und jetzt essen wir, was es hier gibt. Viermal Dönerteller mit Pommes“, ordert sie mit resoluter Stimme. Dann dreht sie sich zu den Frauen um. „Mögt ihr Schafskäse?“

Alle nicken.

„Mit Schafskäse und Knoblauchsoße.“

„Und Apfelwein dazu“, ruft Rita.

Der Mann hinter dem Tresen bedauert, dass er leider keinen Apfelwein habe, nur Bier. Er bedeutet den Frauen, sich direkt mit den Getränken aus dem Kühlschrank zu bedienen. Rita sieht nicht begeistert aus, sortiert aber vier Flaschen Bier aus dem Kühlschrank heraus. Gläser gibt es keine. Geübt öffnet sie mit ihrem Feuerzeug die Flaschen. „Na gut, dann Bier, geht ja auch mal. Die Knoblauchsoße ist kein Problem, wen sollte ich auch heute hier noch küssen.“ Sie lacht übermütig und ziemlich laut.

Ute boxt ihr gut gelaunt, aber sanft in die Rippen: „Wen küsst du denn zu Hause in Wülferode so?“

„Na, dort niemand!“

„Vielleicht eher jemand in Travemünde?“, bohrt Ute weiter.

Rita schneidet der Freundin eine Grimasse und wird wieder ernst. „Prost.“

Die Frauen stoßen mit ihren Bierflaschen an. Rosi beobachtet, wie der Mann hinter dem Tresen mit einem großen, langen Messer geschickt Fleisch von einem Spieß abschneidet. Das fasziniert sie so sehr, dass sie Ritas Ausführungen nicht lauscht.

„Rosi, bist du noch da?“, ertönt es prompt von der Freundin.

„Ach so, ja klar, was meintest du gerade?“, fasst Rosi sich wieder.

„Ich sagte, dass wir uns jetzt auf das Motiv konzentrieren müssen. Kennen wir eine Frau, die ein Motiv hat, Ariane zu ermorden?“

„Na, wir kennen hier vor Ort ja sowieso niemand“, gibt Ute zu bedenken, „das ist schwer.“

„Meiner Meinung nach war es auch keine Mitrehabilitandin aus der Klinik. Ariane hat da kaum Kontakt gehabt, außer zu mir und den anderen zwei Frauen am Tisch. Die hatten an dem fraglichen Abend Besuch von daheim und somit ihr Alibi“, fasst Rita zusammen.

Rosi grübelt und wenn immer sie das tut, kratzt sie sich leicht an der Nase. „Was ist mit dem Personal in der Klinik? Mochte da jemand Ariane nicht?“

Rita schüttelt mit dem Kopf. Sophia verfolgt die Gespräche der Landfrauen aufmerksam, schweigt aber.

Schließlich ruft der Mann hinter dem Tresen: „Viermal Dönerteller mit Schafskäse und Knoblauchsoße!“

Sophia erhebt sich und serviert den Landfrauen die Teller mit einer eleganten Geste wie in einem Sternelokal. Zusätzlich besorgt sie auch Besteck, Servietten und entnimmt dem Kühlschrank nochmals vier Flaschen Bier. Eine Weile wird schweigend gegessen.

Schließlich legt Rosi ihre Hand auf Sophias. „Du, das schmeckt wirklich lecker. Danke, dass du uns das gezeigt hast.“

Rita und Ute nicken zustimmend und kauen eifrig weiter. Sophia lächelt zaghaft. Schließlich stehen sie wieder auf der Burgstraße und Rita bestimmt nun, ins Gasthaus zu gehen. Nach dem ganzen Bier bräuchte sie doch dringend einen Apfelwein, um wieder klar denken zu können. Utes Hinweis, dass sie die Freundin dann aber heute Abend nicht mehr nach Eulenstein hinüberfahren kann, kommentiert sie mit den Worten:

„Wozu gibt es Taxen?“

Ute nimmt sich vor, ihren Freund Kalli gleich als Erstes vom Hotel anzurufen. Bei diesen ganzen aufregenden Ermittlungen kommt er momentan zu Hause viel zu kurz. Doch er hat Verständnis, hat er ihr bei ihrem letzten Anruf versichert und sie nur gebeten, sich nicht in ernste Gefahr zu begeben. Das hat sie ihm gern versprochen.

Der Wirt freut sich, die Landfrauen und Sophia zu sehen und serviert sofort einen Bembel. In seinem Restaurant ist heute Abend nicht viel los und so können sich die Frauen ungestört miteinander unterhalten. Weiter dreht sich die Frage um das Motiv, wieder finden sie keine Antwort auf diese Frage.

„Ich habe ja für die Tatnacht kein Alibi", bricht es plötzlich aus Sophia nach dem zweiten Glas Apfelwein heraus.

Erstaunt sehen die Landfrauen sie an.

„Vielleicht war ich es ja, weil ich meine Mutter in Wirklichkeit gehasst habe!"

Rita zeigt ihr einen Vogel und meint: „Der Labbeduddel hat dich verrückt gemacht, nun bleib mal cool."

Rosi beeilt sich zu versichern: „Also so ein bisschen Menschenkenntnis darfst du uns alten Frauen schon zutrauen."

„Na ja, wenn der mich in seinem Polizei-Computer sucht, dann findet er mich schon", schämt Sophia sich nun sichtlich.

Utes Neugier ist geweckt: „Was hast du denn verbrochen?"

„Unerlaubter Drogenbesitz, schon zum zweiten Mal."

Rita schlägt der jungen Frau auf den Rücken. „Es geht hier um einen Mordfall und seine Aufklärung und nicht um ein bisschen Koks oder was weiß ich. Das haben wir doch alle mal gemacht."

„Also, ich nicht", quietscht es aus Rosi heraus und Rita und Ute beginnen schallend zu lachen. Das ist so typisch für ihre stets korrekte Freundin. Der Hausherr schaut aufgrund des Gelächters um die Ecke und Rita schreit: „Bring uns noch einen Bembel, es läuft gerade gut."

Der Wirt winkt und lacht ihnen fröhlich zu. Auf einmal hat Ute einen Geistesblitz: „Rita, zeig doch Sophia mal den Zettel, den du in Arianes Zimmer gefunden hast."

Rita kramt in ihrer Tasche, öffnet ihr Portemonnaie und entfaltet sorgsam den Zettel. Dann legt sie ihn vor Sophia hin. Diese liest ihn.

„Das ist nicht die Handschrift meiner Mutter. Was bedeutet das?"

„Es sind die Fahrzeiten der S-Bahn von Eulenstein nach Eppstein für den besagten Samstagabend", hilft Rosi weiter.

„Wer könnte den Zettel geschrieben haben?", grübelt Ute laut.

„Wenn es nicht die Handschrift deiner Mutter ist, dann wahrscheinlich die der Mörderin", ruft Rita und schlägt mit der flachen Hand auf den Tisch.

Rosi nimmt das Papier in die Hand und meint: „Ich weiß nicht, das sieht mir eher nach einer männlichen Handschrift aus. Schaut mal, die Buchstaben sind markant und in der Schrift befinden sich kaum Schnörkel."

Sophia stutzt, dann wühlt sie in ihrer Handtasche. Sie befördert ein kleines Notizbuch hervor und klappt es auf. Ein weißer Zettel fällt hinaus, der genauso an der Seite Spuren aufweist, als sei er aus einer perforierten Zettelbox ausgerissen, wie ursprünglich Arianes. Darauf steht eine Adresse in Frankfurt.

„Was ist das für eine Adresse", ruft Rita aufgeregt.

„Die des Leichenschauhauses, wo ich am Dienstag einen Termin mit der Polizei habe", ist die Antwort von Sophia.

„Das ist die gleiche Schrift, sogar derselbe Kugelschreiber", wispert Rosi und ihre Wangen färben sich rot, wie so oft, wenn sie aufgeregt ist.

Rita lehnt sich weit über den Tisch zu Sophia vor: „Wer hat diesen Zettel geschrieben?“

„Der Verwaltungsleiter der Rehaklinik Eulenstein, Heinz Nagel.“

Nun kann Rita nicht mehr an sich halten. Trotz des neuen Hüftgelenks springt sie erstaunlich schnell und ohne Krücken auf und brüllt, sodass es garantiert bis hinauf zum Neufville-Turm schallt: „D-E-R – also D-E-R kann morgen was erleben, da bekommt der feine Herr Nagel nämlich Besuch von uns. Ob er am Sonntag noch die Auferstehung von Jesus feiern wird, weiß ich nicht. Hier werden jetzt die Karten auf den Tisch gelegt und ich will von ihm endlich wissen, wo er in der Tatnacht war!“

Spät am Abend des Karfreitags klingelt das Handy von Professor Zimmermann. Er sitzt im Wohnzimmer. Seine Frau Rosalie ist bereits auf ihrem Sessel eingeschlafen. Trotzdem geht er aus dem Raum hinaus, als er sieht, wer anruft.

„Ja“, meldet er sich mit leiser Stimme.

„Ralf“, hört er, „wir stehen mit dem Rücken zur Wand. Patientin Lauer hat mich eben privat angerufen. Sie weiß, dass ich den Zettel für Ariane mit der S-Bahn-Verbindung von Eulenstein nach Eppstein geschrieben habe.“

Der Professor haut sich mit der Hand gegen seine hohe Stirn.

„Wie konnte das passieren? Wie kommt die Lauer an diesen Zettel und woher weiß sie, dass es deine Handschrift ist?“

„Ich habe keine Ahnung“, piepst Nagel in den Hörer.

„Und jetzt?“

„Sie kommt morgen früh zu mir auf den Neufville-Turm, vermutlich nicht allein, denn das würde sie ja vom Gehen her niemals schaffen. Kannst du auch kommen? Was machen wir denn jetzt?“

Die pure Verzweiflung klingt in seiner sonst ruhigen Stimme mit. Ralf überlegt einige Minuten. „Es wäre gar nicht gut für uns, wenn ich da auftauche und sie uns privat zusammen sieht. Da musst du jetzt, glaube ich, leider allein durch."

Heinz nickt, was Ralf natürlich am Telefon nicht sehen kann.

„Heinz?" fragt er nach, als keine Antwort kommt.

„Ja, ja, du hast sicher recht."

„Es ist eine alte Frau, Heinz, die ein wenig herumschnüffelt. Die kann uns doch eigentlich gar nichts. Dieser Zettel beweist gar nichts. Vermutlich hat sie zu viele Miss Marple-Filme gesehen", versucht der Professor nach dem ersten Schock seinen Freund zu beruhigen und ein wenig auch sich selbst.

„Ich lass sie einfach erst mal reden. Das kann sie ohnehin gut."

„Richtig so und gib bloß nicht irgendwas zu. Es ist nicht deine Schuld, dass vor deiner Haustür eine Leiche lag."

Der Leiter der Verwaltung atmet schwer: „Meinst du, die kommt hierher, um mir den Mord anzuhängen, Ralf? Was hätte sie denn davon und was geht sie diese Sache überhaupt an?"

„Sie verstand sich recht gut mit Patientin Edelweiß. Vielleicht empfindet sie ihr gegenüber eine gewisse Solidarität?"

Plötzlich hört der Professor Geräusche aus dem Wohnzimmer.

„Ich muss Schluss machen, meine Frau scheint aufgewacht zu sein. Wir sehen uns morgen Abend bei uns zum Osterfeuer."

Dann legt er den Hörer auf und geht zurück ins Wohnzimmer.

„Wer ruft denn da mitten in der Nacht an?", wird er mit argwöhnischer Stimme begrüßt.

„Nagel“, bekommt sie einsilbig, aber ehrlich zur Antwort.

Rosalie lacht künstlich auf. „Was will der Gartenzwerg, hat er etwa am späten Abend des Karfreitags Probleme mit der Bettenbelegung in Eulenstein?“

Ralf hört an ihrer Stimme, dass sie ihm nicht glaubt. Er drückt auf das Mobilteil des Telefons und geht auf angenommene Anrufe. Dann reicht er es ihr. Sie blickt auf das Display und sieht Nagels Nummer, die natürlich mit Namen eingespeichert ist. Sie verzieht keine Miene und rappelt sich langsam vom Sessel hoch.

„Gehst du ins Bett?“, will ihr Mann wissen.

„Nein, in die Küche“, ist ihre Antwort.

Er lässt sich schwerfällig auf die Coach fallen und blickt in den dunklen Garten. Seine Stirn liegt wie so oft in den letzten Tagen in Sorgenfalten. Er hört, dass Rosalie in der Küche im Besteckkasten kramt. Nur kurze Zeit später macht es plopp und ein Glas wird befüllt. Er seufzt, denn er kennt das schon. Sie wird jetzt innerhalb von einer halben Stunde die geöffnete Rotweinflasche austrinken und dann zurück ins Wohnzimmer kommen. Betrunken wie sie dann ist, wird sie einen Streit mit ihm über irgendwas vom Zaun brechen, der schließlich in einem lauten Gebrüll endet. Er will das nicht mehr. Er will sie nicht mehr. Er will sich mit seinem privaten Leben auch nicht mehr verstecken müssen. Morgen früh ist dann wieder alles normal und am frühen Abend würden sie lächelnd Freunde und Geschäftspartner zum traditionellen Osterfeuer im Garten begrüßen. Rosalie würde strahlen, als wären sie das glücklichste Paar und die tollste Familie der Welt.

„Einmal noch“, spricht er zu sich selbst, „einmal noch und dann bin ich hier weg. Genieße das Theater der heilen Welt noch ein letztes Mal, liebe Rosalie.“ Mit einem bösen Blick schaut er in Richtung Küche, erhebt sich und will gerade an der Küchentür vorbeigehen, als sie herauskommt und fragt:

„Du gehst schon ins Bett?“

Der Kuss, den er ihr auf die Wange gibt, ist eher angedeutet und eine eindeutige Pflichtübung. Er riecht den Alkohol in ihrem Atem.

„Ja, Morgen wird ein langer Tag, Liebes, du weißt ja, das letzte Osterfeuer ging bis nachts um zwei Uhr.“

Sie starrt ihm hinterher, schüttelt mit dem Kopf und kehrt zurück an den Küchentresen, an dem sie bis eben gesessen hat. Ihr Weinglas ist geleert und sie schenkt sich Rotwein nach. Gut, dieses Mal war es tatsächlich Nagel, denkt sie. Sie fühlt aber dennoch nichts Unrechtes an ihrem Verhalten. Sie weiß genau, dass er ein Verhältnis mit dieser Frau hat, die leider immer noch lebendig herumläuft und morgen wie selbstverständlich zum Osterfeuer aufschlagen wird, in der Funktion ihrer alten, überaus charmanten Schulfreundin und als Mitarbeiterin der Klinik Eulenstein. Und sie weiß genau, dass ihr Mann in der vermeintlichen Tatnacht nicht auf diesem Kongress in Stuttgart war, sondern diese auf dem Neufville-Turm verbracht hat. Geplant mit seiner Liebsten, auf die er allerdings vergeblich hat warten müssen. Ihr Mann kann nicht wissen, dass sie sein Telefongespräch mit Nagel am Abend davor belauscht hat.

„Und sie kommt um 19 Uhr 25 am Eppstein Bahnhof an? Dann ist sie sicher mit dem Fußweg hinauf kurz vor 20 Uhr am Turm. Ich sehe zu, dass ich rechtzeitig vorher da bin. Mein Auto lasse ich unten stehen, stelle deins aber auf jeden Fall in die Garage“, hat ihr Mann zusammengefasst.

Nach diesen Worten war ein Plan in ihrem Kopf gereift und sie war schon lange Zeit vor ihrem Mann oben am Neufville-Turm gewesen und hat in ihrem Versteck im Gebüsch gewartet.

Sie leert das Glas Rotwein fast in einem Zug und merkt wieder deutlich, wie sehr sie den Verwaltungsleiter von Eulenstein hasst, der ihrem Mann seit einem Jahr diese Alibis für seine außerehelichen, erotischen Stelldicheins verschafft. Kein Wunder, dass Nagel jedes Jahr eine saftige Gehaltserhöhung kassiert. Das weiß sie aus Unterlagen, die ihr Mann herumliegen gelassen hat. Sie ist sich sicher, dass er sie komplett unterschätzt. Sie weiß mehr über Eulenstein, seine Mitarbeiter und die Gegebenheiten, als Ralf glaubt. Und genau das wird sie zum gegebenen Zeitpunkt ausspielen. Es wird ihr den Status der Frau Professor und das damit verbundene angenehme Leben auf alle Zeit sichern. Ihren Mann hat sie bei ihrer Hochzeit vor über zehn Jahren schon nicht geliebt. Sie kommt aus armen Verhältnissen und konnte sich glücklich schätzen, dass Ralf sie auserwählt hat. Er stand damals unter dem Druck seiner Mutter, die meinte, dass ein erfolgreicher Assistenzarzt unbedingt eine Frau an seiner Seite braucht, um zu einem erfolgreichen Professor aufzusteigen. So ist es dann auch gewesen. Sie selbst hat eigentlich immer Frauen geliebt. Noch heute geht sie dann und wann dieser Sehnsucht nach, doch natürlich geschickt und von Ralf unbemerkt. Sie schenkt sich den letzten Tropfen aus der Weinflasche ein. Egal, denkt sie, ich habe zwei Kinder geboren und es auch geschafft, Ralf zumindest in den Anfangsjahren körperliche Nähe zu bieten. Nachdem Anna geboren war, schlief die sexuelle Beziehung nach und nach ein, doch Ralf schien es nicht zu stören. Ihr Leben war schön gewesen, bis sie letztes Jahr seine Affäre mit Beate bei der jährlichen Weihnachtsfeier gewittert hat. Sie hat zunächst keine Ahnung gehabt, dass es ihre alte Schulkameradin gewesen ist, die im Frühjahr als gastronomische Leiterin in Eulenstein eingestellt worden ist. Ihr Kontakt ist nach dem Abitur aus bekannten Gründen abgerissen und Frauen mit dem Namen Beate Schulz gibt es wie Sand am Meer. Das Wiedersehen traf Rosalie damals überraschend. Deutlich sah sie, wie ihr Mann sich um sie bemühte an dem Abend. Es war die Zeit, als sie noch meinte, den Gesellschaftsregeln folgen zu müssen und in der gleichgeschlechtliche Liebe verpönt war. Doch dieses Mal wird Beate nicht als Siegerin hervorgehen, dafür würde sie sorgen. Rosalie steht auf und schaltet das Licht in der Küche aus.

Sophia wälzt sich schlaflos in ihrem Bett im Gasthaus zum Taunus in Eppstein hin und her. Was hat sie sich erschrocken, als plötzlich ihr Vater am späten Abend im Gastraum gestanden hat. Zunächst hat sie erneut abgelehnt, mit ihm zu reden und wieder zu weinen begonnen. Doch dann sind es Rosis einfühlsame Worte gewesen, die sie bewegt haben, ihn wenigstens anzuhören. Sophia hat darauf bestanden, dass Rosi bei diesem Gespräch dabeiblieb und diese hat ihre Bitte erfüllt. In ihr hat Sophia so etwas wie eine Ersatzmutter in den letzten Tagen gefunden, obwohl die Landfrau fünfzehn Jahre älter ist als Ariane. Ute hat sich währenddessen mit Rita beschäftigt, die natürlich ein Taxi zurück nach Eulenstein benötigt hat.

Wenn ihr Vater Hartmut vielleicht mit einer für ihn fremden Zuhörerin nicht glücklich war, ließ er es sich jedoch nicht anmerken. Rosi sagte auch nichts, sie saß nur da, hielt Sophias rechte Hand und ab und zu drückte sie diese oder streichelte ihr über die Wange. In der ersten halben Stunde hat nur ihr Vater gesprochen. Detailliert hat Hartmut über die Trennung von Ariane vor fünfzehn Jahren berichtet. Es ist keine andere Frau im Spiel gewesen. Die Gründe, die zur Trennung ihrer Eltern geführt haben, waren Sophia neu. Sie hat ihre Mutter nie als besitzergreifend und alles kontrollierend empfunden. Auch die Erkenntnis, dass die psychische Erkrankung, weswegen sie die Reha in Eulenstein machte, damals schon dagewesen sein soll, war für sie neu. Als junge Frau hat Ariane mit einer Axt die komplette Schrankwand im Wohnzimmer zerlegt und das gemeinsame Auto mit voller Wucht gegen die Garagenwand gefahren, weil sie glaubte, dass Hartmut sie betrogen hat.

„Wo war ich da?“, hat Sophia schließlich gefragt.

„Bei Oma. Deine Mutter hat ihre Ausraster auf die Zeitpunkte beschränkt, wenn du nicht da warst. Darin war sie eine wahre Meisterin.“

Sophia hat überlegt und in ihrem Gedächtnis gekramt. Plötzlich war ihr das Bild des kaputten Opels wieder in den Kopf gekommen. Das ist der Zeitpunkt gewesen, als sich das Gespräch mit Hartmut wandelte. Sophia war endlich bereit gewesen anzunehmen, was ihr Vater sagte. Rosi mit ihrem ausgeprägten Feingefühl hat es genau bemerkt und sich taktvoll zurückgezogen. Hartmut hat ihr zugelächelt und Sophia genickt. Die Landfrau ist erleichtert gewesen. Sie bot zwar Sophia gern ihre Dienste als Ersatzmutter an, doch Erfahrungen dieser Art hat sie nie in ihrem Leben zuvor gemacht.

„Ich habe deine Mutter nie betrogen, aber ich konnte es mit ihr einfach nicht mehr unter einem Dach aushalten“, hat Hartmut schließlich gestanden.

Fragend sah Sophia ihn an.

„Sie hat mir gedroht, dass ich dich dann für immer verliere, dafür werde sie persönlich Sorge tragen und sie hat es geschafft.“

„Aber, du hättest dich doch bei mir melden können“, hat Sophia eingeworfen und sich erinnert, wie sie an jedem Geburtstag und jedem Weihnachtsfest vergeblich auf eine Nachricht von ihm gewartet hat.

„Ich durfte es nicht. Deine Mutter hat die zerstörte Schrankwand, das Auto und noch ein paar Dinge fotografiert und bei der Polizei angegeben, dass ich es gewesen sei. Daraufhin hat man mir nicht nur das Umgangsrecht, sondern jeglichen Kontakt zu dir untersagt. Glaub mit, ich habe immer an dich gedacht und du warst immer in meinem Herzen.“

Nach diesem Geständnis hat Hartmut angefangen zu weinen. Sophia brauchte eine Weile, dann nahm sie ihn in den Arm. Dabei roch sie sein Aftershave und der Geruch kam ihr irgendwie vertraut vor. Fast fühlte sie sich wieder wie ein Kind. Nach einer Weile hat er sich von ihr gelöst und ihr liebevoll in die Augen gesehen: „Nun, es ist wie es ist. Ariane ist tot, aber du musst dir finanziell keine Sorgen machen, das weiß ich. Du bist ihre Alleinerbin und sie hinterlässt dir eine sehr große Summe Geld. Du musst dir keine Sorgen um deine Zukunft machen."

Sophia hatte ungläubig die Augen aufgerissen. „Das kann nicht sein, wir haben immer in ganz bescheidenen Verhältnissen gelebt."

„Das weiß ich", hat ihr Vater geantwortet.

„Vor zwei Jahren starben nacheinander sehr schnell deine Großeltern, oder?"

Sophia hat genickt. „Wir hatten aber nie Kontakt, Mama ist nicht mal zu den Beerdigungen gegangen. Ich kann mich gar nicht an sie erinnern."

„Das ist mir bekannt, ich war aber da und auch zur Testamentseröffnung geladen gewesen."

„Und?", hat Sophia staunend gefragt.

„Das Erbe wurde zunächst eingefroren und im Fall des Todes deiner Mutter wurdest du zur Alleinerbin bestimmt. Deine Mutter hat damals nur ihren Pflichtteil bekommen und ich war nur geladen, damit ich im Fall des Falles Bescheid weiß. Deine Schulden kannst du nun aus der Portokasse zahlen."

„Du weißt wohl mehr über mich, als ich denke", staunte Sophia und ihre Augen waren auf die Tischplatte gerichtet. Sie schämte sich.

Hartmut hat gelacht und gemeint: „Sophia, ich bin dein Vater und das war ich immer, auch wenn ich für dich nicht sichtbar war."

Sophia schlägt die Bettdecke zurück und steht auf. Sie starrt auf den menschenleeren, nächtlichen Wernerplatz. Noch immer denkt sie über die Worte ihres Vaters nach. Er war nach ihrem Gespräch zurück nach Nürnberg gefahren, aber sie haben sich geschworen, sich bald wiederzusehen. Er hat ihr seine Unterstützung auch bei den Formalitäten zur Beerdigung angeboten, was sie dankbar angenommen hat. Nur eins wollte er nicht, Ariane noch mal wiedersehen, auch nicht als Leiche. Sophia hat ihm versichert, dass sie den Termin am Dienstag im Leichenschauhaus gut allein schaffen würde. Während sie so am Fenster steht, überlegt sie, dass, falls die Angst sie doch überkommt, sie einfach Rosi fragt, ob sie mitkommt. In der Landfrau hat sie eine gute Freundin gefunden, da ist sie sich sicher. Den Neufville-Turm kann sie von ihrem Zimmer aus dem ersten Stock des Hotels nicht sehen. Es sind Häuser davor. Sie blickt nach rechts die Burgstraße hinunter und denkt wieder daran, dass immer noch nicht geklärt ist, was das Motiv für den Mord an ihrer Mutter ist. Sie hofft inständig, dass der Besuch morgen Vormittag beim Verwaltungsleiter Heinz Nagel etwas bringt. Er hat ihrer Mutter immerhin die S-Bahn-Verbindung gen Eppstein aufgeschrieben, wenn er auch als Mörder ausgeschieden ist. Auf einmal läuft es ihr kalt den Rücken hinunter. Wenn der Kommissar ihre Polizeiakte checkte und dann erfährt, dass sie die Alleinerbin eines großen Vermögens ist, würde sie dann womöglich in seinen Augen noch in die Rolle der Haupttatverdächtigen geraten? Sie hat für die Tatnacht definitiv kein Alibi. Schnell beruhigt sie sich wieder, denn warum soll der Kommissar ihre Akte aufrufen, sie hat ihm aus ihrer Sicht keinen Grund dazu gegeben und Rita hat ihn schließlich auch als Labbeduddel bezeichnet. Schnell schlüpft Sophia wieder unter ihre warme Bettdecke und hofft, dass die Landfrau hier auch wirklich die richtige Einschätzung getroffen hat.

Kapitel 7

V(Ä)ERWORSCHDELT*

Am Samstagmorgen wacht Heinz Nagel schon um 6 Uhr morgens auf und kann nicht mehr einschlafen. Er schlurft in die Küche und macht sich einen Kaffee. Gedankenverloren schaut er aus dem Fenster. Es dämmert schon und er sieht, dass es vermutlich vom Wetter her ein schöner Tag wird. Regen scheint jedenfalls nicht in Sicht zu sein. Er denkt an den bevorstehenden Abend und an das Osterfeuer im Haus von Ralf. Vor fünf Jahren sind sie sich im Verlauf des Abends nähergekommen, als der hohe Stapel aus Holz längst zu einem gemütlichen Lagerfeuer geworden war. Ganz langsam und sehr zögerlich haben sie sich angenähert. Er ist schließlich auch damals schon sein Chef gewesen. Alle anderen offiziellen Gäste und selbst Rosalie hatten das Fest längst verlassen. Doch außer Küssen ist nichts gelaufen, es wäre auch zu riskant gewesen, bei ihm zu Hause im Garten. Am Ostermontag ist Ralf dann zu ihm nach Hause gekommen. Er hat sich unter dem Vorwand, kurz in die Klinik zu müssen, bei seiner Familie verabschiedet. Seitdem sind sie ein heimliches Liebespaar. Nagel hofft sehr, dass es in diesem Jahr das letzte Osterfeuer geben würde. Im nächsten

* *verdreht werden und dadurch in Unordnung geraten*

Jahr würde er mit Ralf einfach woanders sein. Vielleicht in der Südsee unter Palmen oder wenigstens doch auf den Kanarischen Inseln. Da sind gleichgeschlechtliche Liebende nicht verpönt. Doch in diesem Jahr müssen sie noch mal durch die Hölle der Gesellschaft durch. Das Osterfeuer im Haus Zimmermann hat Tradition. Familie, Freunde, Geschäftspartner und natürlich auch die leitenden Mitarbeiter des Professors sind wie jedes Jahr eingeladen. Es ist Ralfs Form des Neujahrsempfangs und Rosalie organisiert es zusammen mit der Agentur Evendon aus Hofheim eigentlich immer ganz nett. Dieses Jahr muss er noch durchhalten. Nagel nutzt den frühen Morgen, um ein wenig aufzuräumen. Dann putzt er das Bad gründlich. Alles nur, um die Zeit bis 10 Uhr totzuschlagen, denn für diese Zeit hat sich Patientin Lauer angesagt. Gern würde er Ralf anrufen, doch er traut sich nicht. Gegen 8 Uhr blitzt die ganze Turmwohnung und er begibt sich unter die Dusche. Als er herauskommt, blinkt sein Handy. Er hat eine Nachricht von Ralf erhalten:

Guten Morgen Schatz, sei stark, wir sehen uns nachher.
Dein R.

Nagel lächelt und schickt nur einen lächelnden Smiley zurück. Er ahnt, dass sein Freund vermutlich von Rosalie noch mit zahlreichen Aufgaben betraut ist und kaum Zeit hat. Er sieht auf seine Uhr. Immer noch eine Stunde bis zur Ankunft der Landfrau.

Um 9 Uhr 05 fahren Ute, Rosi und Sophia bei der Rehaklinik Eulenstein vor. Rita hat schon seit 9 Uhr rauchend vor dem Eingang gewartet. Der Schachspieler, der seit dem plötzlichen Tod seines Spielgefährten nun allein agiert und abwechselnd die weißen und die schwarzen Figuren bedient, ist konzentriert und zu keiner Konversation aufgelegt. Aber das ist der Landfrau auch ganz recht, denn in ihrem Geiste sortiert sie bereits den Besuch bei Nagel. Kallis alter Golf stoppt und Rosi springt aus der Beifahrertür.

Die Freundinnen begrüßen sich herzlich, dann klettert Rosi nach hinten auf den Beifahrersitz zu Sophia, damit Rita den bequemeren Platz vorn im Auto mit ihren Krücken einnehmen kann.

Ute will gerade losfahren, da ordnet Rita an: „Wir müssen unterwegs noch bei einem Schreibwarenladen halten, bevor wir den Nagel vernehmen."

Alle sehen sie überrascht an.

„Wieso?", hakt Ute nach.

„Wir brauchen ein Stempelkissen", bestimmt Rita.

„Ein Stempelkissen? Was willst du denn damit?", wundert sich nun auch Rosi.

„Ich kenne mich doch hier nicht aus", jammert Ute.

„Fahr mal los, Ute, ich googele das", sagt Sophia und nimmt ihr Smartphone zur Hand. Nach nicht mal zwei Minuten hat sie die Lösung: „Fahr Micha's Lädchen in Kelkheim-Fischbach an. Das ist nur ein kleiner Umweg, ich informiere dich, wie du fahren musst."

Ute nickt und gibt Gas.

„Wir brauchen endlich auch Handys, Mädels, und das wirklich dringend", befindet Rita mal wieder.

„Das wäre wirklich hilfreich für euch und ich kann euch bei der Einrichtung helfen", bietet Sophia an.

„Das muss warten, leider, momentan ist jetzt erst mal was anderes wichtig und wir haben ja dich", lächelt Rita die junge Frau an.

Keine zwanzig Minuten später hält Ute in einer kleinen Straße und ergattert den letzten Parkplatz, der sich genau vor einem langgestreckten Laden befindet, an dem in großen

Buchstaben *Micha´s Lädchen* prangt. Die Frauen steigen aus. Draußen steht ein großer Aufsteller und Rosi geht neugierig darauf zu.

„Oh, Wildspezialitäten aus dem Vordertaunus und frische Forellen aus dem Wispertal gibt es hier", freut sich die Landfrau.

Sophia betrachtet interessiert das große Schaufenster, das liebevoll auf Ostern dekoriert ist.

„Diese Deko-Küken, da, die gelben, nein, was sind die niedlich."

Rita schüttelt mit dem Kopf und herrscht die Frauen an: „Wir sind hier, um eine wichtige Requisite zu kaufen und nicht zum Ostershopping." Energisch reißt sie die Tür auf und die vier treten ein. Das Lädchen ist im Inneren viel größer, als sie gedacht hat. Auf der linken Seite befindet sich eine Postfiliale. Vor dem Schalter stehen mehrere Kunden mit Paketen in der Hand, die ungeduldig darauf warten, bedient zu werden. Direkt gegenüber dem Eingang befindet sich die Kasse, die nahtlos in einen großen Tresen übergeht, an dem einige Menschen auf Barhockern sitzen. Sie trinken Kaffee und reden miteinander, ohne die Frauen zu beachten. Landfrau Rita schaut sich suchend um und sieht große Regale mit Zeitschriften und Büchern.

„Kann ich Ihnen helfen?", hört sie eine freundliche, männliche Stimme.

Sie blickt in Richtung Kasse und sieht einen Mann, der mittelalterlich gekleidet ist. Seine schwarzen Haare sind zu einem Zopf gebunden und er trägt eine braune Wildlederweste über einer beigen Kutte, die fast bis zum Boden reicht.

„Wir suchen einen Artikel aus dem Bereich Schreibbedarf", antwortet Rita.

Er zeigt auf den Bereich ganz rechts von ihr am Ende des langen Tresens. Die Frauen begeben sich dorthin. Hier kann man viele Grußkarten für nahezu alle Anlässe kaufen,

Briefumschläge, Verpackungsmaterial, doch nirgends können sie ein Stempelkissen entdecken. Enttäuscht lässt Rita die Schultern hängen und will sich zum Gehen wenden, als der Mann sie wieder anspricht.

„Kann ich doch noch helfen?"

„Wir suchen ein Stempelkissen", hilft Sophia weiter.

„Ein Stempelkissen? Ich fürchte, das haben wir nicht", sagt er.

„Aber wir brauch eins, jetzt, unbedingt, sofort, es ist sozusagen lebenswichtig", meint Rita und es liegt ein gewisser Nachdruck in ihrer Stimme.

„Vielleicht können wir mal den Chef sprechen", ist Utes Vorschlag.

Der Mann lacht herzlich auf und sagt: „Der Chef hier bin ich. Mein Name ist Micha."

„Hallo", ist Ritas Einwurf, als ob sie sich gerade erst kennengelernt haben.

„Wir sind Rita, Ute und Rosi, Landfrauen aus Wülferode und ermitteln hier mit unserer Freundin Sophia in einem streng geheimen Mordfall. Sozusagen Ermittlungsarbeiten. Du bist jetzt der einzige Mann im Vordertaunus, der uns dabei helfen kann. Es ist wirklich sehr wichtig", flüstert sie und schaut ihn eindringlich an.

„Geht es um Leben und Tod?", will Micha augenzwinkernd wissen und man merkt, dass ihm die Konversation Spaß macht.

„Ja", wispert Rita wieder, „wir klären einen Mordfall auf, die örtliche Kriminalpolizei ist ja nicht in der Lage dazu."

Micha beginnt schallend und laut zu lachen. Dann dreht er sich um und ruft in einen Raum, der sich hinter dem Laden befindet: „Katrin, komm mal nach vorn und bring ein Stempelkissen mit."

Nur kurze Zeit später erscheint eine Frau mit blonden, langen Haaren und einer Brille. Auch sie ist in einem

Gewand gekleidet, dass an das Mittelalter erinnert. In ihrer Hand hält sie ein Stempelkissen und schaut Micha fragend an.

„Meine Frau“, stellt er sie vor und deutet mit einer Bewegung auf die Frauen.

„Ein Ermittlungstrio der Kripo aus Wülferode mit Sophia. Miss Marple hoch vier sozusagen.“

Der Blick, den ihm seine Frau zuwirft, spricht Bände, dann sagt sie: „Ich habe aber nur eins mit roter Farbe.“

„Passt“, meint Rita, „das ist ganz perfekt in Rot, denn diese Farbe steht für Mord.“

Micha reicht das Stempelkissen über den Tresen und Rosi verstaut es sofort in ihrer Tasche.

„Danke, was bekommst du?“, hakt Rita, wie sie findet, äußerst professionell nach.

Micha schüttelt mit dem Kopf. „Ich schenke es euch, wenn es doch um Leben und Tod geht und morgen ist schließlich Ostern, das Fest der Auferstehung.“

Der Geschäftsinhaber kann sich dabei kaum noch das Lachen verkneifen. Katrin zeigt ihm einen Vogel und verschwindet wieder im hinteren Bereich des Ladens.

„Danke“, strahlt Rita ihn an.

„Du wirst demnächst bestimmt noch von uns in den Zeitungen lesen.“

„Da freue ich mich drauf. Dann kann ich den auftauchenden Paparazzi erzählen, dass ihr bei mir wart und mit meinem Stempelkissen einen Mörder überführt habt“, erwidert er leicht hustend.

Die Frauen winken ihm zum Abschied und eilen, so schnell es mit Ritas Krücken eben geht, aus dem Laden. Micha sieht ihnen nach und denkt: „Normal ist auch irgendwie langweilig.“ Gut gelaunt wendet er sich wieder seinen anderen Kunden am Tresen zu.

„Na, der war aber auch nett", schwärmt Rosi, als sie alle wieder im Auto sitzen. Im Grunde ist sie traurig, dass nicht genug Zeit blieb, noch seine Wildvorräte zu inspizieren.

„Ja", stimmt Sophia zu, „aber wofür brauchen wir denn eigentlich das Stempelkissen?"

„Das lass mal meine Sorge sein. Jetzt auf zum Neufville-Turm", kommandiert Rita.

Ute gibt Gas. Nach wenigen Biegungen befinden sie sich wieder im Tal auf dem Weg nach Eppstein. Die Auffahrt zum Neufville-Turm durch den Wald ist steil und kurvig, wenn man sie mit dem Auto befährt, doch Ute macht ihre Sache gut und lenkt den Wagen sicher nach oben.

„Und hier seid ihr zu Fuß hoch", meint Rita und ihrer Stimme merkt man an, dass sie beeindruckt ist. „Ob ich das überhaupt auch wieder mal schaffe?"

„Klar", ist Rosis Antwort, „noch drei Wochen Eulenstein und dann hüpfst du im Mai auf Sylt nur noch herum."

„Noch d-r-e-i Wochen Eulenstein, erinnere mich bloß nicht daran. Dann seid ihr alle nächste Woche weg und es wird noch langweiliger als zuvor", stöhnt Rita.

„Aber bis dahin bist du ein Promi hier, Rita. Da werden die Journalisten bestimmt die Rehaklinik stürmen und du hast vor lauter Interviews kaum Zeit für deine Anwendungen", findet Ute.

„Paparazzi", lacht Sophia.

Plötzlich macht Ute eine Vollbremsung. Rita kann sich gerade noch am Armaturenbrett abstützen und schreit laut los.

Rosi beugt sich vor und schaut ängstlich durch die Kopfstützen: „Was ist los?"

„Ich kriege hier die Kurve nicht, es ist zu eng", antwortet Ute, schaut in den Rückspiegel und setzt den Golf leicht zurück. Ein Teil von ihm schwebt nun über dem Abgrund. Angstvoll klammert Sophia sich an Rosi fest, Ritas Atem geht ein wenig schneller als sonst. Doch Ute hat die Sache im Griff. Anstatt nach rechts biegt sie links in den Weg ein und wendet auf einem größeren Platz. Dann fährt sie weiter den Weg hinauf bis zum Turm. Als sie kurze Zeit später vor der Garage stoppt und den Motor ausmacht, applaudieren die anderen drei Frauen spontan. Utes Wangen färben sich rot vor Freude und sie nimmt sich vor, das heute Abend unbedingt ihrem Kalli am Telefon zu erzählen. Er wird mit Sicherheit mächtig stolz auf sie und seinen alten Golf sein. Die Frauen steigen aus. Anders als vor ein paar Tagen ist der Leichenfundort nicht mehr abgesperrt und auch die mit Kreide eingezeichneten Umrisse sind entfernt. Sie betreten den Garten des Turms. Heinz Nagel steht bereits bei geöffneter Haustür auf dem oberen Absatz der Treppe und sieht ihnen entgegen. Er hatte eigentlich keine Invasion von alten Frauen erwartet. Dazu noch Sophia Edelweiß, die er natürlich aus der Klinik kennt. Diese stützt Rita auf den Treppenstufen und die zwei erreichen zuletzt die Haustür. Rita schnauft ein wenig aufgrund der Anstrengung. Der Aufstieg ersetzt glatt eine Stunde Physiotraining, denkt sie.

„Frau Lauer, Frau Edelweiß, guten Morgen."

Seine hingehaltene Hand ergreift Rita nicht, sondern geht langsam an ihm vorbei in den Turm. Sofort folgen die anderen Frauen und Nagel schließt die Tür.

„Bitte links entlang." Er führt sie in ein großes, gemütliches Wohnzimmer, in dem sogar ein alter, steinerner Kamin steht. Mit einer Handbewegung lädt er die Frauen ein, an dem großen Esstisch Platz zu nehmen. Er ist aus sehr altem Holz und passt einfach wunderschön in diesen Wohnraum, der wie eine Ritterstube eingerichtet ist. Nagel selbst bleibt stehen.

„Liebe Frau Lauer, als sie sagten, sie müssen mich sprechen, konnte ich nicht ahnen, dass sie in Begleitung von zwei mir unbekannten Frauen hier auftauchen und auch noch Fräulein Edelweiß mitbringen. Würden sie mich jetzt bitte aufklären, was sie möchten und was dieser Gruppenbesuch am Ostersamstag zu bedeuten hat? Meine Zeit ist heute sehr begrenzt." Nach außen wirkt er ganz ruhig und er ist mächtig stolz auf sich, dass er die Fassung bisher bewahren konnte. Sophia Edelweiß zu sehen, behagt ihm gar nicht. Er dachte, sie sei längst wieder abgereist und hätte den Vordertaunus verlassen.

Rita lehnt sich entspannt zurück und betrachtet eine Weile den Raum. Aus den Augenwinkeln sieht sie, dass der Nagel zwar ruhig dasteht, sein rechter Fuß aber unablässig auf und ab wippt. Ein sicheres Anzeichen für Nervosität. „Mein lieber Herr Nagel", beginnt sie, und ihre Stimme strotzt nur so vor geheuchelter Freundlichkeit, „glauben Sie im Ernst, ich hätte hierher schon hinauflaufen können? Und glauben Sie außerdem, ich würde das Osterfest allein verbringen? Meine Freundinnen Ute und Rosi aus Wülferode sind zu Besuch gekommen und haben mich mit dem Auto hinaufgefahren."

Nagel nickt und deutet eine Verbeugung in Richtung Ute und Rosi an. Er versucht weiter, die Form so gut wie es geht zu wahren.

„Fräulein Edelweiß ist bei uns, da wir ihr angeboten haben, den Mordfall an ihrer Mutter aufzuklären. Sie wurde ja hier, vor dem Neufville-Turm, ihrem Zuhause, mit einem Strick brutal erdrosselt", führt Rita absolut ruhig und sehr souverän aus.

Heinz Nagel reißt die Augen auf. Mit seiner Ruhe ist es nun vorbei. „Was heißt S-I-E ermitteln hier", schreit er unbeherrscht los, „Arbeiten dieser Art übernimmt für gewöhnlich die Kriminalpolizei und nicht eine Patientin der Rehaklinik Eulenstein, die zufällig Besuch von irgendwelchen Freundinnen hat."

„Zufällig sind wir nicht hier“, wirft Rosi an, „in dem Brief, den Rita uns schrieb und um Hilfe bat, stand gleich drin, dass etwas in der Rehaklinik nicht stimmt.“

„Auf Ermittlungsarbeiten sind wir mittlerweile seit ein paar Jahren außerdem spezialisiert. Sehen sie in uns einfach Detektivinnen“, ruft Ute dazwischen.

Nagel überlegt kurz und lässt die Worte der Frauen auf sich wirken, dann nähert er sich dem Tisch. Vor Rita bleibt er stehen und stützt sich mit beiden Armen vor der Landfrau auf dem Tisch auf. Ihre Gesichter trennen jetzt nur noch ein paar Millimeter. Eine Geste, die er sich bei Ralf abgeguckt hat, wenn dieser seine leitenden Mitarbeiter einschüchtern will und die bisher immer erfolgreich war. „Patientin Lauer, es ist jetzt Schluss hier mit diesem Theater. Sie lassen sich von ihren Freundinnen brav nach Eulenstein fahren und feiern dort zusammen Ostern.“

Rita zuckt nicht einmal mit der Wimper. „Warum haben Sie, Heinz Nagel, Verwaltungsleiter der Klinik Eulenstein, am vergangenen Samstagabend Ariane Edelweiß vor ihrer Garage erdrosselt?“

Nagel schnappt hörbar bei dem direkten Vorwurf nach Luft. „Ich habe Frau Edelweiß nicht getötet.“ Er stößt sich ab und umrundet den Tisch, dabei versenkt er seine Hände tief in der Hosentasche.

„Das wissen wir“, bestätigt Ute.

Nagel fährt herum wie von der Tarantel gestochen.

„Was wollen sie dann hier und von mir?“

Nun erhebt sich Rita. Sie muss sich noch am Tisch festhalten, aber sie steht schon erstaunlich sicher ohne Krücken. Mit Nagel auf Augenhöhe fühlt sie sich gleich noch selbstbewusster. Sie zeigt mit dem Finger auf ihn. „Getötet haben sie Ariane indirekt, denn sie haben sie hier hinauf auf den Neufville-Turm bestellt, wo sie ihren Tod fand, oder etwa nicht?“ Sie kramt in ihrer Handtasche und entnimmt ihr eine Tüte. Umständlich zieht sie ihre Handschuhe an und greift dann hinein. Heraus befördert sie den inzwischen hinreichend bekannten Zettel. „Das ist doch Ihre Schrift, oder?“

„Nein“, lügt Nagel.

„Rosi, bitte bereite die Überprüfung der Fingerabdrücke vor. Herrn Nagel scheint den Ernst der Lage zu unterschätzen.“

Rosi nickt Rita zu, greift in ihre Handtasche und entnimmt ihr das rote Stempelkissen.

Rita deutet auf den Zettel. „Dann werden wir jetzt mal die Fingerabdrücke von Ihnen und denjenigen, die wir auf dem Zettel bereits analysiert haben, vergleichen.“ Seelenruhig setzt sie sich wieder.

„Nein, also ja, wir, ich habe diesen Zettel geschrieben“, gibt Nagel überraschend schnell zu.

Rita wirft ihren Mädels einen triumphierenden Blick zu und diese verstehen auf einmal die Wichtig- und Bedeutsamkeit der eben erworbenen Requisite. Ohne zu fragen, zündet sie sich eine Zigarette an. Nagel eilt zu der kleinen Anrichte, die gegenüber des Kamins steht, und bringt ihr einen Aschenbecher.

„Danke“, sagt sie und blickt Nagel direkt in die Augen. Diese Zigarette bereitet ihr höchste Genugtuung.

Nagel kann ihrem Blick nicht standhalten und schlägt die Augen nieder.

„Warum haben sie meine Mutter auf den Neufville-Turm bestellt?“, schreit Sophia plötzlich für alle unvermittelt los. Heinz Nagel zuckt zusammen. Rosi greift nach Sophias Hand und bedeutet ihr, Rita die Gesprächsführung zu überlassen.

„Sie, äh, wollte gern mal die Aussicht von hier oben genießen.“

„Klar, da ist der Abend der beste Zeitpunkt“, verhöhnt Rita den Verwaltungsleiter.

Nagel bricht langsam der Schweiß aus. „Am Abend das Lichtermeer über Eppstein zu sehen, ist sehr romantisch."

Ritas Geduld ist am Ende. Sie haut mit der Faust auf den Tisch und schreit: „Heinz Nagel, es reicht jetzt! Sie haben, warum auch immer, Ariane auf den Turm bestellt und vor verschlossener Tür stehen lassen, während Sie sich hier mit ihrem Liebhaber Professor Dr. Ralf Zimmermann vergnügt haben. Jetzt reden Sie endlich, ansonsten gehen wir und unser nächster Stopp wird erst bei der Eppsteiner Zeitung und dann bei der Kripo in Hofheim sein. Die wird das alle sehr interessieren. Ist das klar?"

Nagel zuckt zusammen, erstarrt in seiner Bewegung, schwankt, sackt zusammen und fällt direkt vor dem großen Tisch in Ohnmacht. Als sein Kopf den Holzfußboden berührt, gibt es einen lauten, dumpfen Knall, der sich fast wie ein Schuss anhört.

„So hat sich ja noch kein Verdächtiger meinen Fragen entzogen", beschwert sich Landfrau Rita, während Ute sofort neben Heinz Nagel auf dem Boden niederkniet, um seinen Puls zu fühlen.

„Ob wir ihn umgebracht haben?", sorgt sich Rosi angstvoll und ihre Stimme zittert.

Ute hat dem Verwaltungsleiter inzwischen ein Kissen unter den Kopf gelegt und ihn in die stabile Seitenlage gebracht. „Ich kann seinen Puls fühlen, aber wir sollten sofort einen Rettungswagen rufen. Ich glaube, er hat Glück gehabt, einen Meter weiter und er wäre mit dem Kopf auf den Fliesen aufgekommen, die den Kamin umrahmen."

Sophia greift eilig zu ihrem Smartphone.

„Holzkopf bleibt Holzkopf", murmelt Rita und zündet sich eine weitere Zigarette an.

Günther hat Beate schon um 10 Uhr in Eppstein am Fuße der Burg getroffen. Sie hat morgens angerufen und gemeint, es wäre besser, sich früher zu treffen, da das traditionelle Osterfeuer im Hause Zimmermann schon ab 17 Uhr mit dem üblichen Empfang beginnen würde. Entspannt plaudernd sind sie zur Burgruine hinaufgewandert und haben ihren Eintritt beim Kastellan bezahlt. Nun erkunden sie das Gelände. Ihre Gespräche drehen sich um allgemeine Dinge. Beate erzählt von einem spannenden Krimi, den sie gestern Abend im Fernsehen verfolgt hat, Günther berichtet über Renovierungspläne für sein kleines Haus, das schon alt ist und sich im Lorsbachtal befindet. Über Eulenstein oder ihre Arbeit sprechen sie kein Wort, fast so, als ob es abgesprochen ist. An einer besonders schönen Stelle bleiben sie stehen. Von hier aus bietet sich den Besuchern ein atemberaubender Blick über Alt-Eppstein und auf den gegenüberliegenden Jähenberg, auf dem sich unter anderem der Neufville-Turm befindet. Eine Weile sehen sie schweigend hinüber zum Turm, der zur Mittagszeit im Schatten liegt. Beate steht dicht vor Günther, ihr türkiser Schal flattert im Wind. Schließlich dreht sie sich zu ihm um.

„Glaubst du, dass Nagel die Edelweiß umgebracht hat?"

„Nein", ist seine Antwort, „der ist zwar manchmal ein wenig seltsam, aber zu so was ist er nicht fähig. Sagte ich ja auch schon neulich am Telefon."

„In der Klinik tratscht man, er hätte sich sehr um Ariane Edelweiß bemüht. Ja, man behauptet sogar, es sei denkbar, dass er sich mit ihr verabredet habe."

Günther schüttelt mit dem Kopf. „Glaube ich nicht, er war doch angeblich an dem Abend gar nicht auf seinem Turm."

„Egal", sagt Beate und streicht sich eine Haarsträhne aus dem Gesicht.

Günther findet, dass sie nie hübscher und attraktiver ausgesehen hat. Er greift mit so einer Sanftheit nach ihrer linken Hand, dass sie bei der Berührung erschaudert.

So hat sie schon ewig kein Mann mehr angefasst. Kaffenberger scheint sie ohne Worte zu verstehen. Er lächelt, hebt ihre Hand ein Stück höher und deutet einen Handkuss an. Das passt irgendwie zu dieser alten Location. Sie tritt einen Schritt vor und gibt ihm einen Kuss auf die Wange.

„Ich mag dich, sehr sogar, aber lass es uns einfach langsam angehen, ja? Ich …"

Weiter kommt Beate nicht, denn die Sirene eines Rettungswagens lässt sie erschreckt aufblicken. Beide schauen hinunter zur B455, die an der Stadt Eppstein vorbeiführt. Der Rettungswagen biegt zum Bahnhof ab und fährt dann mit rasanter Geschwindigkeit in den Wald hinauf. Die Sirene schallt bis zur Burg hinüber und das Blinken des Blaulichts ist trotz des Waldes zu erkennen. Sprachlos beobachten Günther und Beate zunächst die Szenerie. Schließlich scheint der Rettungswagen anzuhalten.

„Der steht jetzt vor dem Neufville-Turm, ganz sicher", sagt Günther schließlich.

„Was ist denn da jetzt wieder los?", will Beate wissen und schaut ihren neuen Freund fragend an.

Dieser zuckt mit den Schultern und zieht sie sanft an sich. Ihre Lippen finden sich zu einem ersten zarten Kuss, der beiden endlos vorkommt.

Im Hause von Professor Zimmermann laufen die Vorbereitungen für das Osterfeuer auf Hochtouren. Die Hofheimer Agentur Evendon bestuhlt den großen herrschaftlichen Garten schon seit den frühen Morgenstunden. Große Mengen Brennholz werden außerdem mit Schubkarren in den Garten gefahren und zu einem großen Holzstapel aufgetürmt. Als Unterlage dienen mehrere feuerfeste Platten. Jan und Anna tollen aufgeregt im Garten herum und haben ihren Spaß. Sie lieben das traditionelle Osterfeuer, denn an diesem Abend dürfen sie stets so lange aufbleiben, wie sie mögen. Länger als bis 23 Uhr haben sie aber bisher nie durchgehalten. Rosalie überblickt von ihrem Wintergarten aus die Vorbereitungen und ist sehr zufrieden. Sie geht in die Küche, wo später vom Partyservice der Eventfirma das üppige Büffet aufgebaut wird. Vorbereitet ist alles. Die elektrischen Speisewärmer stehen schon bereit. Rosalie hat sich in diesem Jahr für eine traditionelle Gulasch- und eine Käselauchcremesuppe entschieden. Zusätzlich, neben einer großen Brotauswahl, werden kalte Platten mit Kanapees in allen Variationen geliefert. Traditionell beschließt ein üppiges Käsebuffet mit Raclette-Station den Gaumenschmaus und für die Freunde der Süßspeisen wird es einen Schokoladenbrunnen geben, der abwechselnd weiße und dunkle Schokoflüssigkeiten herunterlaufen lassen wird. In ihn können dann verschiedene Fruchtspieße getaucht werden. Rosalie prüft ein letztes Mal die Platzverhältnisse in der Küche und ist sehr zufrieden. Ihr Mann Ralf ist zurzeit mit der Annahme der Weinlieferung im Keller durch den Eppsteiner Mundschenk beschäftigt. Später wird der Wein natürlich von zwei bis drei Servicekräften ausgeschenkt, außerdem wird es wie jedes Jahr heißen Apfelwein geben, auf Wunsch mit oder ohne Calvados. Plötzlich klingelt Ralfs Handy. Rosalie blickt auf das Display und sieht den Namen *Beate Schulz*. Ihr Gesicht verzieht sich zu einer Fratze, doch ohne weiter nachzudenken, nimmt sie den Anruf entgegen. Beate ist sehr aufgeregt und fragt auch gar nicht, warum Rosalie an das Handy von Ralf geht. Sie sprudelt geradezu hervor, was sich momentan am Neufville-Turm ereignet und dass sie und Günther sich Sorgen um Heinz Nagel machen. Diesen hätten sie versucht anzurufen, aber er sei nicht an sein Handy gegangen.

„Ralf ist gerade im Keller, der Wein für heute Abend wird vom Mundschenk geliefert, ich sage es ihm gleich. Danke“, dann drückt sie Beate, die mitten im Satz ist, weg.

Gedankenverloren geht sie allerdings nicht in den Keller, sondern ins Wohnzimmer und lässt sich auf ihren Sessel fallen. Ihr ist bewusst, dass sie sein Handy immer noch in der Hand hält. Plötzlich ploppt eine Textnachricht von Beate Schulz auf:

Danke, wir fahren jetzt mal auf den Turm,
ich melde mich wieder,
Beate.

Mit dieser SMS wird natürlich auch der Nachrichtenverlauf der Vergangenheit zwischen ihr und Ralf Zimmermann angezeigt. Rosalie beginnt ihn zu lesen und stellt sehr erstaunt fest, dass dieser rein sachlicher Natur ist und Beate sogar im Chat ihren Mann siezt. Ralf hat noch nie zuvor sein Handy einfach herumliegen lassen und wenn, dann war es durch eine Zahlenkombination stets geschützt gewesen, die sie aber nicht kennt. Der Weinhändler ist heute Vormittag eine halbe Stunde zu früh gekommen, sodass Ralf mehr als hektisch vor die Haustür gelaufen ist und vergessen hat, sein Telefon einzustecken.

Rosalie läuft es eiskalt den Rücken hinunter. Sollte ich mich so geirrt haben? Gibt es gar keine heimliche Beziehung zwischen Ralf und Beate, hadert sie mit sich und denkt wieder an die Tat, die sie begangen hat und die zu allem Übel auch noch die falsche Person getroffen hat und offenbar grundlegend verkehrt war. Rosalie denkt an den Brief, den sie den Hinterbliebenen geschrieben und am Morgen bei der Kripo in den Briefkasten geworfen hat. In diesem anonymen Schreiben bezichtigt sie Beate Schulz als Mörderin von Ariane Edelweiß. Angeblich war es Mord aus Eifersucht gewesen, denn sie hat in ihrem Schreiben behauptet, dass sie weiß, dass Schulz ein Verhältnis mit Heinz Nagel hat, der aber eine Patientin zum Rendezvous auf seinen Turm am

Samstagabend eingeladen hat. Es wird jetzt alles kompliziert, denkt sie und überlegt, was zu tun ist. Fast nebenbei geht sie auf die anderen SMS-Gesprächsverläufe ihres Mannes. Sie sieht eine von Ralf gesendete Nachricht von heute Morgen, die als Empfänger Heinz Nagel ausweist. Sie drückt den Button und liest:

Guten Morgen Schatz, sei stark, wir sehen uns nachher.
Dein R.

Sie schnappt nach Luft. Dann beginnt sie die Nachrichten zwischen ihrem Mann und Heinz Nagel zu lesen und sie fühlt sich, als ob die Welt stehen bleibt und ihr jemand den Boden unter den Füssen wegzieht. Sie liest alle Nachrichten der letzten drei Wochen, die sich die Männer mehrmals täglich geschrieben haben und die sich noch auf dem Handy befinden. Immer wieder schüttelt sie ungläubig den Kopf. Ihr Mann, ihr Ehemann liebt seit Jahren einen Mann? Das kommt ihr seltsam und unwirklich zugleich vor. Doch es steht da. Heinz Nagel, den sie stets höhnisch immer nur den Gartenzwerg nennt, konnte sie noch nie leiden, aber sie hat ihn wirklich auch nicht für homosexuell gehalten. Eher für beziehungsunfähig. Und Ralf? Dieser Riese von einem Mann? Seit wann liebt er Männer? Gut, ihr Sexualleben ist schon seit Jahren eingeschlafen, aber wieso wird man dann plötzlich schwul? Ist man das nicht schon von Geburt an? Er hat mit ihr schließlich zwei Kinder gezeugt. Eine Weile zweifelt sie an ihrem Verstand. Aus den Nachrichten geht aber auch deutlich hervor, dass sich Ralf und Heinz ein offizielles Leben zu zweit wünschen. Rosalic seufzt. Würde das herauskommen, dann kann Ralf als angesehener Professor von Eulenstein einpacken. Die gesetzliche Rentenversicherung ist ein absolut konservativer Haufen. Zudem es auch noch ein Verhältnis mit einem seiner Mitarbeiter enthüllen würde. Und sie selbst? Ihr gesellschaftlicher Ruf, auf den sie so viel Wert legt, wäre noch wesentlich mehr geschädigt, als wenn es sich um ein Verhältnis mit einer anderen Frau handelt. Wie sollte sie Jan und Anna erklären, dass Papa jetzt einen Mann liebt? Rosalie stellt sich die kommenden Hänseleien in der Schule vor. Sie müsste mit ihren Kindern den Vordertaunus für immer verlassen und irgendwo neu anfangen. Ganz neu. Ihr wird klar, dass sie das nicht will, um keinen Preis. Nicht umsonst hat sie schließlich versucht, die Frau aus dem Weg zu räumen, die ihr gesichertes Leben und ihren gesellschaftlichen Stand nach ihrer Meinung massiv gefährdet hat. Das ist schiefgegangen, aber die neue Wahrheit ist um ein Vielfaches schlimmer.

Sie hört, dass Ralf die Kellertreppe hinaufsteigt. Sie sitzt immer noch im Sessel, sein Handy in der Hand. Schnell klickt sie die SMS-Konversation weg. Ralf betritt das Wohnzimmer und erfasst sie Situation sofort.

„Beate hat angerufen und ich bin an dein Handy gegangen."

Ralf schaut leicht verunsichert und poltert zum Selbstschutz los: „Was will die denn am Samstag, die kommt doch nachher."

„Heinz Nagel ist wohl etwas passiert. Sie war mit Günther Kaffenberger bei einem Spaziergang auf Burg Eppstein und hat einen Krankenwagen mit Blaulicht zum Neufville-Turm hinauffahren sehen. Da hat sie sich Sorgen gemacht und angerufen."

Nun reißt Zimmermann seiner Frau das Handy förmlich aus der Hand. Rosalie bemerkt, dass seine Hände so zittern, dass er nicht in der Lage ist, die Anrufliste aufzurufen. Sie steht auf und nimmt ihm das Telefon wieder aus der Hand. Im Telefonbuch sucht sie Nagels Nummer und drückt, um eine Verbindung aufzubauen. Sie gibt ihrem Mann das Smartphone zurück. Er lächelt gequält, aber dankbar. „Mailbox", sagt er schließlich nach ein paar Minuten.

Rosalie geht an die Schrankwand und öffnet das Barfach. Sie schenkt sich und Ralf ein großes Glas Cognac ein. Ohne Eis. Den wird er gleich noch benötigen. Sie reicht ihm das Glas und beide kippen den Inhalt in einem Zug hinunter. Ralf hat es geschafft, selbst auf die Anrufliste zu wechseln und es wird die Verbindung zu Beate Schulz aufgebaut. Nach dem zweiten Klingeln geht sie ran. „Professor Zimmermann hier, Frau Schulz, meine Frau hat mich eben informiert, dass ein Rettungswagen bei Herrn Nagel auf dem Neufville-Turm steht?"

Rosalie bedeutet ihm, den Lautsprecher des Telefons zu betätigen, was er ohne zu zögern macht.

Beates aufgeregte Stimme erfüllt den ganzen Raum: „Ja, Herr Nagel ist wohl umgefallen. Momentan wird er gerade im Rettungswagen behandelt. Ich konnte kurz hineinsehen, er ist an Schläuche angeschlossen, es sieht furchtbar aus. Keiner sagt hier was. Aber, Chef, was ich total seltsam finde ist, dass er nicht allein war. Diese Patientin Lauer ist hier mit zwei Freundinnen und außerdem mit der Tochter der ermordeten Patientin Edelweiß. Was hat das bloß zu bedeuten?"

„Was wollen die denn da?", schreit Zimmermann los.

„Die sagen auch nichts, Chef", schaltet sich Günther Kaffenberger ein. Auch Beate hat ihr Handy auf die Lautsprecherfunktion gestellt.

„Was machen Sie beide eigentlich an ihrem freien Tag gemeinsam im Wald", herrscht Zimmermann seine Mitarbeiter an.

„Auf der Burg, wir waren auf der Burg spazieren, als wir den Rettungswagen gegenüber sahen", erklärt Beate.

„Ist die Polizei da?“, schreit Rosalie dazwischen und in ihrer Stimme klingt echte Panik mit. Überrascht schaut Zimmermann seine Frau an.

„Nein“, ist Beates Antwort, „warum auch?“

Rosalie atmet hörbar erleichtert aus.

„Unternehmen Sie nichts, Frau Schulz, ich komme sofort. Auch der Rettungswagen soll bis zu meiner Ankunft warten.“

„Okay, ich versuche es mal den Sanitätern zu sagen.“

„Das ist ein Befehl“, schreit Zimmermann und legt auf. Er will aus dem Wohnzimmer stürmen, aber Rosalie hält ihn fest.

„Du kannst gleich los zu deinem Liebsten“, sagt sie und ihre Stimme strotzt nur so vor Verachtung. „Aber vorher habe ich dir eine Sache zu sagen.“

Ralf erstarrt mitten in seiner Bewegung. Um seine Mundwinkel zuckt es gefährlich und seinem Gesicht entweicht jegliche Farbe.

„Ich, ich habe Ariane Edelweiß getötet.“

„Du? Ja, aber warum?“

„Ich habe sie mit Beate Schulz verwechselt. Ich weiß seit Monaten, dass du eine Affäre hast und dachte, sie wäre diejenige.“

„Bist du wahnsinnig?“, schreit Ralf seine Frau an.

„Nein, aber du“, ist ihre Antwort. „Wie kannst du wegen dem Gartenzwerg deine Karriere, für die ich dir übrigens jahrelang den Rücken freigehalten habe, aufs Spiel setzen?“

„Ich liebe ihn“, gibt Ralf recht schnell zu und richtet die Augen auf den Fußboden.

„Das hört auf, du hast Kinder und wirst diese widerliche Beziehung beenden. Solltest du das nicht tun, dann gehe ich damit an die Presse. Dann kannst du dich mit deinem Nagel künftig irgendwo in einer Bretterbude von Harz IV ernähren.“

„So“, ruft er erneut gereizt, „und wenn ich zur Polizei gehe und Frau Professor als Mörderin angebe? Dann bin ich frei und dich los.“

„Und deine Kinder wandern in ein Heim, gute Idee“, ist ihre ironische Antwort. „Außerdem musst du mir erst mal ein Motiv nachweisen. Der Polizei liegt bereits ein anonymer Hinweis vor. Der Mörder ist eine Frau. Du solltest dir Gedanken um eine neue Küchenmanagerin machen, die wird nämlich bald verhaftet werden.“

„Du versuchst jetzt, die Sache Beate in die Schuhe zu schieben? Du bist noch widerlicher als ich dachte und wahnsinnig“, sagt Ralf und spukt vor ihr auf den teuren Wohnzimmerteppich.

„Wir sind ein Team. Ich decke die Liebschaft mit deinem Mitarbeiter, du meinen Mord und Beate wird das Bauernopfer. Ich konnte sie schon in der Schule nicht leiden. Hier in unserem Haus bleibt auch in Zukunft alles so, wie es ist. So, und nun fahre zum Neufville-Turm. Ich hoffe, dein Nagel überlebt, momentan ist er wie eine Lebensversicherung für mich. Das hätte ich mir niemals träumen lassen.“

Ralf dreht sich um und stürmt aus dem Haus. Sein einziger Wunsch ist jetzt, Heinz zu sehen und so viele Kilometer wir möglich zwischen sich und Rosalie zu bringen.

Kapitel 8
Aus die Maus?*

Als Ralf Zimmermann vor dem Neufville-Turm stoppt, steht der Rettungswagen noch da. Er springt aus dem Auto und klopft an die Schiebetür des Wagens. Ein Sanitäter öffnet.

„Professor Dr. Ralf Zimmermann, ich bin der Vorgesetzte von Heinz Nagel."

„Kommen sie rein", ist die Antwort des Sanitäters.

Nach fünfzehn Minuten verlässt Zimmermann das Fahrzeug wieder. Der Rettungswagen wendet und fährt in Richtung Tal, ohne Blaulicht. Der Professor schaut dem Fahrzeug hinterher. Was er eben gesehen und erfahren hat, nimmt ihn stark mit. Heinz ist noch immer nicht bei Bewusstsein und die Rettungscrew kann sich das selbst nicht erklären. Er wird nun ins Krankenhaus nach Hofheim gebracht und dort gründlich untersucht. Zimmermann will mitfahren, doch der diensthabende Arzt rät ihm davon ab. Das kann jetzt Stunden dauern in der Notaufnahme. Zumindest konnte Zimmermann ihm seine Handynummer als naher Angehöriger und Vorgesetzter geben. Dem Rettungsteam hat er nämlich ganz offen gestanden, dass es sich bei dem Patienten nicht nur um seinen Mitarbeiter, sondern

---

* *Fertig*

auch um seinen Partner handelt. Sie haben nicht weiter gefragt und waren auch nicht überrascht gewesen. Tausend Bilder gehen dem Professor durch den Kopf. Das Osterfest vor fünf Jahren. Ihre ersten schüchternen Annährungsversuche. Gemeinsame Mittagessen in der Klinik Eulenstein und schließlich ihre letzte gemeinsame Nacht in der vergangenen Woche, die sie offenbar teuer bezahlen müssen. Alles wirkt momentan auf ihn so unwirklich.

„Professor Zimmermann", ruft ihn eine bekannte, weibliche Stimme.

Er dreht sich um und sieht Beate Schulz und zögernd dahinter Günther Kaffenberger näherkommen. Für einen Moment hat er wieder Rosalies letzte Worte von eben im Kopf: Das Bauernopfer. Gedanklich schiebt es dies zunächst zur Seite.

„Was ist denn mit Herrn Nagel?", fragt Beate und sieht ehrlich besorgt aus.

„Man weiß es noch nicht, er ist in eine Art Koma gefallen und muss ausführlich in der Klinik untersucht werden. Ich werde telefonisch wieder verständigt."

Günther nickt und greift nach Beates Hand. Der Professor registriert diese vertrauliche Geste, kommentiert sie jedoch nicht.

„Fahren Sie mal nach Hause, wir sehen uns ja heute am frühen Abend. Ich möchte mich jetzt mit Patientin Lauer in Ruhe unterhalten. Wo finde ich sie?"

„Die sind alle wieder in den Turm gegangen", weiß Kaffenberger.

Der Professor nickt und bahnt sich seinen Weg durch den Garten. Er findet Rita, Rosi, Ute und Sophia im Wohnzimmer. Erwartungsvoll schauen sie ihn an, doch er ist weit entfernt davon, eine freundliche Konversation zu beginnen. Er registriert, dass es nach Rauch riecht. Das regt ihn zusätzlich auf. Ohne zu zögern geht er auf Rita zu und stützt sich in seiner alt bewährten Drohpose vor ihr auf dem Tisch ab. „Nun, Frau Lauer, oder soll ich Sie besser Miss Marple nennen? Was haben Sie mit Heinz Nagel gemacht? Ist Ihnen klar, dass Sie einen Mordanschlag auf meinen Mitarbeiter verübt haben? Und das ohne eine Waffe, ganz großes Kino! Ich bringe sie hinter Gitter. Sie alle hier", schreit er und fuchtelt wie wild mit den Armen.

Rosi, Ute und Sophia zucken erschreckt zusammen, doch Rita bleibt ruhig. „Wir haben ihren Heinz nur mit der Wahrheit konfrontiert, die hat er leider nicht verkraftet für den Moment." Sie zündet sich die nächste Zigarette an, unter den missbilligenden Blicken des Professors.

„Und, die wäre?", trommelt er mit den Fingern aus dem alten Holztisch. Man sieht ihm an, dass er wirklich kurz davor ist, Rita die Zigarette aus dem Mund zu reißen. Diese lehnt sich scheinbar entspannt zurück.

„Der angesehene Professor der Klinik Eulenstein, der eine Ehefrau und zwei Kinder hat, liebt seit Jahren seinen Verwaltungsleiter. Dieser – nennen wir ihn Nagel – bestellt an einem Samstagabend eine Rehabilitandin der Klinik auf den Neufville-Turm, um das Stelldichein mit seinem Chef zu kaschieren. Dummerweise wird genau diese Patientin vor seiner Tür erdrosselt. Die Polizei tappt tagelang im Dunkeln, doch wir haben herausgefunden, dass hier gar kein Mörder gejagt wird, sondern eine Mörderin. Ihr Nagel ist leider schon aus den Latschen gekippt, als ich ihn mit ihrer geheimen Beziehung konfrontiert habe, nicht sehr belastbar, der Gute." Ritas Stimme strotzt vor Sarkasmus und das Gesicht des Professors wird bleicher und bleicher und seine Furchen im Gesicht tiefer und tiefer. Er sieht nun wirklich aus wie Frankenstein. Doch das schockt Rita nicht.

„Woher wissen Sie, dass der Mörder eine Frau war?", zischt Zimmermann, „dafür gibt es keine Beweise."

Rita steht auf und ist nun auf Augenhöhe mit dem Klinikchef. Sie hebt eine Krücke hoch und zeigt damit in seine Richtung. „Wir haben es ermittelt. Ja, Miss Marple, wie Sie mich gern nennen dürfen, und ihre Freundinnen waren in den letzten Tagen nicht untätig. Die Beweise liegen bereits der Kriminalpolizei vor."

Dann wendet sie sich Sophia zu: „Hier ist so trockene Luft seit Stunden, Liebes, schau doch mal, ob du nicht irgendwo in der Küche etwas für uns zu trinken findest. Am besten Apfelwein."

Sophia gehorcht und kehrt nach kurzer Zeit mit zwei Flaschen Apfelwein und einer Flasche Mineralwasser wieder zurück ins Wohnzimmer. Zimmermann geht zu einem Schrank und entnimmt ihm wie selbstverständlich Gläser. Für das Mineralwasser entscheidet sich nur Sophia. Rita trinkt in großen Schlucken, lässt aber den Professor, über den Rand ihres Glases fixiert, nicht aus den Augen. Dieser wandert unruhig auf und ab. Die Landfrau schweigt, was selten vorkommt. Ute, Rosi und Sophia suchen ihren Blick und verstehen, dass momentan keine Worte helfen.

„Was wollen Sie?", fragt Zimmermann nach einer Weile in deutlich ruhigerem Ton.

„Den Mörder meiner Mutter finden, damit sie in Frieden ruhen kann", kommt es wie aus der Pistole geschossen von Sophia und wieder laufen ein paar Tränen ihre Wangen hinunter.

„Die Mörderin", ergänzt Rita und ihre schrille Stimme halt durch den Turm. Sie blickt immer noch starr in Zimmermanns blaue Augen. Sie bemerkt seine Nervosität, die sich durch unkontrollierte Zuckungen in seinen Pupillen bemerkbar macht. Schwerfällig lässt er sich auf den Stuhl neben ihr fallen und angelt zur Überraschung aller nach Ritas Zigarettenpackung. Großzügig gibt sie dem Professor Feuer.

„Friedenspfeife?“, fragt sie und lächelt den Arzt das erste Mal an, seitdem sie in den Vordertaunus gekommen ist.

Er sieht auf und lächelt zurück. „Frau Lauer, ich habe ein massives Problem. Das haben sie klar erkannt. Die Angelegenheit zwischen Heinz und mir muss unter allen Umständen hier unter uns bleiben.“

Alle Frauen nicken.

„Das denke ich mir“, meint Rita, aber ihre Stimme klingt versöhnlich.

„Ich weiß, wer Ariane Edelweiß getötet hat und warum. Im Grunde war es eine Verwechslung. Jedoch erpresst mich diese Person nun und ich weiß nicht, wie ich aus der Situation gesellschaftlich ungeschoren herauskommen soll.“

„Der Mord an meiner Mutter war ein Versehen?“, schreit Sophia wieder absolut unbeherrscht los.

Rosi nimmt sie in den Arm und bedeutet ihr, sich ruhig zu verhalten, denn sie spürt, dass Rita in ihrer Gesprächsführung mehr als auf der Zielgerade ist. Diese legt ihre schmale Hand auf die große Pranke des Professors.

„Ralf, ich biete dir als Ältere mal das Du an. Auch das bleibt unter uns. Jetzt vertraue dich uns an und wir werden dir helfen. Versprochen. Wir sind geübt in Ermittlungen und vor allem darin, Geheimnisse aufzudecken. “

Zu ihrer Überraschung drückt der Professor ihre Hand fast liebevoll und beginnt zu sprechen, wenn auch stockend.

Als Heinz Nagel zu sich kommt, liegt er in einem sterilen Bett und an seinen Armen sind Schläuche angeschlossen. Links neben ihm nimmt er ein technisches Gerät wahr, das unauflässig piept und Kurven auf einem Bildschirm zeigt. Rechts sieht er einen kleinen Tisch, auf dem ein Glas Wasser steht. Sein Hals ist wie ausgedörrt und er ergreift das Glas und trinkt einen Schluck. Er blickt an sich herunter und stellt fest, dass er lediglich das obligatorische Krankenhaushemd mit den blauen Punkten trägt. Wo bin ich, denkt er. Es ist ihm klar, dass er nicht in Eulenstein sein kann, denn dort gibt es diese Krankenhaustracht nicht. Er versucht, sich zu erinnern. Es fällt ihm schwer. Wieder sieht er sich im Raum um, doch außer ihm scheint kein weiterer Patient hier zu sein. Er liegt in einem Einzelzimmer. Die Tür öffnet sich und eine Krankenschwester, ganz in weiß gekleidet, tritt ein.

„Herr Nagel, sie sind aufgewacht, das ist ja schön."

Er versucht sich ein wenig im Bett aufzurichten. „Wo bin ich? Was ist passiert?"

„Es ist alles gut", sagt die Schwester und deckt sorgsam seine Füße zu, die frei liegen. „Sie hatten einen kleinen Schwächeanfall bei sich zu Hause. Ein Rettungswagen hat Sie abgeholt und nun sind Sie hier auf der Intensivstation in Hofheim."

„Ich bin auf der Intensivstation? Steht es schlimm um mich?"

„Sie sind auf der Überwachungsstation der Intensivstation und nur zu ihrer eigenen Sicherheit. Ich glaube, es ist gut ausgegangen, aber ich rufe Ihnen gleich den diensthabenden Arzt. Der Professor ist leider heute am Nachmittag nicht mehr im Haus. Aber unser anwesender Arzt wird alle ihre Fragen beantworten."

Nagel nickt und denkt an *seinen* Professor. Wie schön wäre es, wenn er jetzt zur Tür hereinkommen würde. Ob Ralf überhaupt weiß, dass er im Krankenhaus liegt? Natürlich ist ihm aber klar, dass gleich ein anderer Kollege vor ihm stehen wird. Er schaut an die gegenüberliegende Wand, an der sich eine Uhr befindet. Sie zeigt 15 Uhr. Wie lange liegt er schon hier? Er blickt auf den Nachttisch, kann aber keine persönlichen Gegenstände entdecken, auch nicht sein Handy. Wieder versucht er, sich an die letzten Stunden zu erinnern und langsam kehren erste Bilder in seinen Kopf zurück. Er hatte Besuch am Morgen. Patientin Lauer war auf den Turm gekommen und hatte neben zwei Freundinnen auch Sophia Edelweiß mitgebracht. Es ging um den Mord an Sophias Mutter. Auf einmal sprach Lauer aus, dass sie genau wisse, dass er und der geschätzte Professor Zimmermann seit Jahren eine Liebesbeziehung haben. Danach kann er sich an nichts mehr erinnern. Ich muss schauen, dass ich hier rauskomme, denkt er, heute ist doch Ralfs Osterfeuer. Da muss ich doch hin. Wieder öffnet sich die Zimmertür, doch anstatt eines Arztes erblickt er Rosalie. Was will die denn hier, denkt er. Sie tritt ein und schließt sorgsam die Tür hinter sich.

„Heinz, nein, was hast du uns bloß für einen Schreck eingejagt. Ich komme im Auftrag von Ralf, er muss sich um die Vorbereitungen zum Osterfest kümmern, du weißt ja", sagt sie voller Inbrunst an Worten, aber ihre Stimme klingt kalt und ohne wirkliche Emotionen. Nagel schielt nach dem Notfallknopf, doch der hängt momentan unerreichbar weit neben dem kleinen Nachttischwagen. Er würde ihn nicht drücken können, ohne dass Rosalie es bemerkt.

Beate und Günther haben noch eine Weile vor dem Neufville-Turm gewartet, doch ihr Chef war nicht so schnell herausgekommen, wie sie es erwartet hatten. So waren sie schließlich mit Günthers Auto wieder ins Tal gefahren und er hat sie bei ihrem Auto vor dem Burgcafé abgesetzt. Günther hat Beate zum Abschied sehr zärtlich, aber vorsichtig geküsst und sie haben sich gegenseitig versichert, dass sie sich auf den gemeinsamen Abend beim Osterfeuer freuen. Auf dem kurzen Weg nach Hause denkt Beate über die neue Situation nach. Es ist ein wenig so wie in dem Lied von Klaus Lage, was sie früher oft gehört hat. Irgendwie hat es heute bei ihr Zoom gemacht. Sie hat noch ein wenig Angst, doch ihre Neugier ist größer. Was würden wohl die anderen Kollegen in der Klinik sagen? Ob Professor Zimmermann nun einen von ihnen entlassen würde? Aber der hat momentan erst mal andere Sorgen, denkt sie und dabei auch gleich wieder an Heinz Nagel. Was wohl passiert ist? Und wieso war Patientin Lauer mit der Tochter der Ermordeten auf dem Turm gewesen? Sie hofft inständig, heute Abend ein paar Details zu erfahren. Sie wird ihrer Freundin Rosalie einfach so lange nicht von der Seite weichen, bis sie etwas erzählt. Kaum zu Hause angekommen, wählt sie die Festnetznummer des Professors, doch es geht niemand dran. Rosalie steckt vermutlich bei den Vorbereitungen im Garten. Nach der ganzen Aufregung des Vormittags kocht sie sich erst mal einen starken Kaffee und sieht dann die Post durch. Dann steht sie auf und geht ins Schlafzimmer. Sie beginnt, das Bett abzuziehen und mit neuer Bettwäsche zu beziehen. Schnell saugt sie zusätzlich noch mal durch die kleine Wohnung und öffnet dann ihren Kleiderschrank. Sie ist unentschlossen in ihrer Wahl. Es soll schick sein und trotzdem am späten Abend warmhalten.

Günther steht in seinem Haus in Lorsbach ebenfalls vor dem Kleiderschrank und überlegt. Er entscheidet sich schließlich für eine schicke, graue Jeans, ein weißes Hemd und darüber zieht er einen blauen Pullover mit V-Ausschnitt. Er denkt an Beate und eine ganze Ameisenarmee scheint quer durch seinen Bauch zu marschieren. Er fühlt, dass er nun fast am Ziel ist. Endlich scheint aus der guten, kollegialen Freundschaft Liebe zu entstehen. Sein Blick fällt auf das große, breite Doppelbett. Er beschließt, die Bettwäsche nicht zu wechseln, dieser Schritt kommt ihm noch zu früh vor. Beate hatte schließlich gesagt, sie wollen es langsam angehen lassen. Er hat sich beim Abschied sehr gefreut, als sie ihn gefragt hat, ob er sie abholt zum Osterfeuer. Das ist auch neu, denn letztes Jahr sind sie nicht zusammen hingefahren, da hat jeder sein eigenes Auto benutzt.

Zur gleichen Zeit ist Kriminalrat Frank Eisenhauer auf dem Rückweg von Nürnberg. In der Pflegeklink hat er einiges über Sophia Edelweiß erfahren. Sie ist kein unbeschriebenes Blatt und momentan immer noch in Geldnot. Ihre Drogenkarriere scheint jedoch vorbei. Er war auch auf dem Gericht gewesen und hat, obwohl es Ostersamstag ist, Einblick in das Testament von Ariane erhalten. Sein örtlicher Kollege hatte dies möglich gemacht. Sophia wird ein hübsches Sümmchen erben, das sie finanziell wieder auf die Beine bringen wird. Alles scheint zu passen und doch endete der Besuch in Nürnberg am Schluss mit einer Enttäuschung. Er hatte seinen Kollegen auf dem Revier besucht und die bereits vor Jahren erfassten Fingerabdrücke von Sophia, die dort vorlagen, stimmten definitiv nicht mit denen der Täterhandschuhe überein. Dabei gehören die Handschuhe einer Frau. Die Spurensicherung hat sie heute Morgen gleich untersucht und dies bestätigt. Eisenhauer trommelt nervös auf seinem Lenkrad herum. Natürlich hätte Sophia auch andere Handschuhe anziehen können, um dann die Tathandschuhe überzustreifen, doch das kommt ihm nicht sinnvoll vor. Dann hätte sie diese auch später anbehalten und man hätte keine Reste von Hautschuppen gefunden. Wieder denkt er über das Motiv nach. Plötzlich klingelt sein Smartphone.

„Eisenhauer, Kripo Hofheim?"

„Hallo, hier spricht Rita Lauer, wir kennen uns von gestern auf dem Revier. Es geht um den Mord auf dem Neufville-Turm. Wie weit sind Sie denn mit Ihren Ermittlungen?"

Was will die Miss Marple denn, denkt Eisenhauer, sagt aber: „Hallo Frau Lauer, ja ich weiß, wer Sie sind, wir sind mit Hochdruck dran."

„Sie haben also die Mörderin noch nicht entlarvt", ist die sachliche Feststellung der Landfrau.

„Ähm, also jetzt direkt noch nicht", gibt der Kommissar zu und fragt sich ernsthaft, warum er dieser Frau überhaupt Rede und Antwort steht.

„Gut", ist ihre Antwort, „dann kommen Sie bitte heute um 18 Uhr in die Villa von Professor Dr. Ralf Zimmermann zum Osterfeuer. Wir werden ihnen dort ihre Mörderin auf dem Silbertablett servieren."

„Sind Sie übergeschnappt", entfährt es ihm, „was erlauben Sie sich eigentlich, Sie und ihre Freundinnen, mich irgendwo hinzuzitieren. Sie sind nicht Miss Marple."

„Nein, das sind wir nicht, aber Sie können heute Abend zuschnappen, wenn Sie denn wollen. Aber halten Sie sich erst im Hintergrund, ich warte um Punkt 18 Uhr vor Zimmermanns Villa. Dann bekommen Sie weitere Instruktionen. Haben Sie das verstanden?"

Ihm kommt das Gespräch wie ein Rollentausch vor. Irgendwie ärgert er sich auch und fühlt sich von den alten Frauen in seinen Ermittlungsarbeiten überrollt. Doch Miss Marple hoch 3! Er hat selbst eine Einladung zum Osterfeuer bei den Nachbarn, doch natürlich geht sein Beruf wie so oft vor.

„In Ordnung", bestätigt er knapp.

„Die Adresse des Professors haben Sie?", bohrt Rita weiter penetrant nach.

„Ja, ja. Ich werde pünktlich da sein."

„Prima", ist die Antwort von Rita, dann legt sie auf und Eisenhauer starrt auf sein Smartphone. Er schaut auf die Uhr. Noch zwei Fahrstunden bis in den Vordertaunus, er gibt Gas.

Als Professor Zimmermann nach Hause in seine Villa zurückkehrt, kann er Rosalie nirgends entdecken. Dafür wirbeln mindestens fünf Mitarbeiter der Eventagentur im Haus und Garten herum. Schließlich trifft er auf die

Chefin, Beate Hüls. „Wissen Sie, wo meine Frau ist?“, will er wissen.

„Die musste noch mal ganz kurz weg, aber sie ist bestimmt bald wieder da. Hier läuft ja alles“, bekommt er lächelnd zur Antwort.

Er nickt. Da er das Gefühl hat, in der Küche und im Garten im Weg zu sein, begibt er sich ins Wohnzimmer. Seine Gedanken sind bereits beim Abend. Er öffnet die Klappe der Hausbar und schenkt sich erneut ein Glas Whisky ein. Dann setzt er sich ganz bewusst auf den Sessel, in dem Rosalie normalerweise immer zu sitzen pflegt. Ihm ist nicht wohl in der Haut bei den Plänen für den Abend. Das Vorhaben der Landfrauen schien ihm auf dem Turm noch als gute Idee, doch hier zu Hause in seiner gewohnten Umgebung fragt er sich, ob es richtig ist, seinen Kindern die Mutter zu nehmen. Er hat das auch angesprochen, doch Landfrau Ute hat ihm erklärt, wie einfach es doch heutzutage sei, eine Haushälterin einzustellen, die sich nebenher auch um die Kinder kümmern kann, wenn er in der Klinik ist. Rosalie hat einen Mord begangen, denkt er, das ist ein Verbrechen und nicht zu entschuldigen. Er überlegt, wie lange man wohl bei Mord in den Knast kommt. Er nimmt sein Smartphone zur Hand und googelt es nach. Recht schnell erhält er bei *Gute Frage* die Antwort: Auf Mord steht grundsätzlich gemäß § 211 StGB eine lebenslange Haftstrafe. Die früheste Haftentlassung kann nach 15 Jahren erfolgen, wobei der Rest auf 5 Jahre zur Bewährung ausgesetzt wird. Dann wäre er Mitte 50 und Anna und Jan erwachsen. Irgendwie jedoch wirken diese Gedanken auf ihn seltsam irreal. Er nimmt erneut das Telefon in die Hand, geht auf die Anrufliste und drückt auf den Kontakt von Heinz Nagel. Er und Heinz hätten mindestens 15 Jahre Zeit, ihr Leben neu zu ordnen. Aber er ist sich nicht sicher, ob er die Leitung der Klinik Eulenstein behalten wird, wenn herauskommt, dass seine Frau eine Patientin getötet hat. Vermutlich nicht. Es wäre sicher auch besser, mit Heinz irgendwo neu anzufangen. Sie sind auch beruflich ein gutes Team und sein Freund versteht sich ausgezeichnet mit seinen Kindern. Der Professor begreift, dass die nächsten Stunden sein Leben grundlegend verändern werden. Heinz' Telefon klingelt, aber nach fünfmaligem Läuten springt erneut die Mailbox an. Ihm fällt ein, dass das Handy vermutlich auf dem Neufville-Turm liegt. Er googelt kurz die Telefonnummer des Krankenhauses in Hofheim und landet beim Empfang. Aufgrund seines Ärztestatus wird er bis auf die Station verbunden, auf der Heinz liegt. Ralf atmet auf, als er vom diensthabenden Arzt erfährt, dass es sich lediglich um die Überwachungsabteilung der Intensivstation handelt. Das schafft Hoffnung, sein Freund muss inzwischen aufgewacht sein. Der Kollege sagt ihm zu, dass er nun mit dem Mobilteil in das Zimmer des Patienten geht. Der Professor soll in der Leitung bleiben. Ralf wartet und wippt ein wenig nervös mit dem Fuß. Er hört wie eine Tür geöffnet wird, ein paar Schritte auf einem Laminatboden hallen.

„Herr Nagel, Herr Nagel, hören Sie mich?", vernimmt Ralf.

Doch er hört keine Antwort, dafür Schritte, die aus dem Raum wieder hinausgehen. Eine Tür wird geschlossen.

„Professor Zimmermann?".

„Ja?", meldet er sich und versucht die Furcht, die er empfindet, nicht in seine Stimme zu übertragen.

„Sie können im Moment nicht mit Herrn Nagel sprechen, er ist nicht wach. Ich, ähm, muss erst mal schauen, was los ist!"

„Sind Sie nicht bei Trost", schreit Zimmermann in den Hörer, „was soll das heißen? Sie sind eine Überwachungsstation, schlafen Sie da oder was?" Doch er bekommt keine Antwort. Der Arzt aus Hofheim hat die Verbindung beendet. Zimmermann lehnt sich erschöpft im Sessel zurück. Ob

Heinz wieder ins Koma gefallen war? Er macht sich große Sorgen und schaut auf die Uhr. 16 Uhr 30, ab 17 Uhr kommen die ersten Gäste. Er kann jetzt hier nicht weg. Während er verzweifelt überlegt, was er tun kann, schießt ihm ein Gedanke durch den Kopf. Sein Freund liegt auf der Überwachungsstation der Intensivstation. Da sind die Patienten normalerweise an technische Geräte angeschossen, die unter anderem Blutdruck und Kreislauf messen. Während er gewartet hat, hat er nicht einen Signalton von einem technischen Gerät vernommen. Ihm wird klar, dass da irgendwas nicht stimmt. Eine unbändige Wut keimt in ihm auf und er atmet schwer. Im nächsten Moment hört er, wie die Haustür aufgeschlossen wird. Er erhebt sich und geht mit schnellen Schritten in den Flur. Rosalie zieht sich gerade ihren Pelzmantel aus. „Wo warst Du?“, schreit er.

Sie schaut ihn an und schüttelt mit dem Kopf.

„Entspann dich, lieber Ralf. Ich war schnell in Kelkheim in der Drogerie Müller. Ich hatte vergessen, die Farbe für die Kinder zum Eierfärben zu kaufen. Das machen sie doch immer an diesem Abend.“

Ralf blickt in ihren Einkaufskorb, in dem neben der Eierfarbe zwei rote Lederhandschuhe liegen, die an der Oberfläche mit Swarovskikristallen besetzt sind. Rosalie haben diese Handschuhe des Designers so gut gefallen, dass sie diese in allen Farben der Kollektion vor ein paar Jahren gekauft hat. Der Professor stürmt an ihr vorbei in den Garten. Er benötigt dringend frische Luft.

Ab 17 Uhr strömen die Gäste des Paares in den österlich dekorierten Garten. An allen Sträuchern hängen bunte Eier aus Plastik. Der große Holzstapel ist bereits entzündet und eine Musikerin mit Saxophon sorgt für dezente Hintergrundmusik. Servicekräfte reichen Glühwein und auch Champagner herum. Ralf und Rosalie stehen am Eingang, schütteln

Hände, verteilen Küsschen und lächeln. Alles wirkt normal und wie immer. Als Rita, Ute, Rosi und Sophia eintreffen, wirft Rosalie ihrem Mann einen fragenden Blick zu.

„Ich habe in diesem Jahr auch eine Patientin mit ihren Freundinnen eingeladen."

„Das hast du doch noch nie gemacht", zischt sie ihm zu, verzieht aber keine Miene.

„Man muss auch mal neue Wege gehen", ist seine Antwort. Er eilt auf die Frauen zu.

„Liebe Frau Lauer, die Damen, Willkommen in meinem Hause." Er deutet eine Verbeugung an und gibt allen vier Frauen nacheinander die Hand. „Meine Frau Rosalie", stellt er vor.

„Sehr erfreut", heuchelt Rosalie und nur als sie Sophia die Hand gibt, verzieht sie für den Bruchteil einer Sekunde das Gesicht. Das ist doch die Tochter von Ariane, denkt sie, denn sie hat Fotos von ihr in der Zeitung gesehen. Rita bemerkt diese Unsicherheit und strahlt gleich noch mehr. Die Frauen gehen in den Garten und scharren sich um einen Bistrotisch, um den kunstvoll eine gelbe Tischdecke drapiert ist. Sehr zu Ritas Freude steht auf diesem ein Aschenbecher. Die Landfrau zündet sich eine Zigarette an. Ihre Blicke behalten den Professor und Rosalie am Eingang fest im Blick. Eine der Servicekräfte erscheint und sie alle wählen ein Glas Champagner, sogar Sophia.

„Ein Glas geht, ich muss ja nachher noch fahren", gibt Ute bekannt.

„Wenn ich die da jetzt so stehen sehe, ich kann es mir fast nicht vorstellen", meint Sophia.

Rosi tätschelt ihre Wange und Rita meint allwissend: „Man sieht Mördern ihre Taten nicht an. Geh mal ins Gefängnis, da denkst du nicht, dass du in einem bist."

„Warst du schon mal im Gefängnis?", will Sophia wissen.

„Rita beschränkt sich darauf, Gefängnisse und Mörder vor dem Fernsehen zu sehen und zu entlarven“, trompetet Ute gut gelaunt los und kassiert einen bösen Blick von Rita.

„Psst, nicht so laut, du machst noch den ganzen Plan kaputt.“

Tatsächlich ist gerade ein wenig Ruhe im Garten eingekehrt, denn die Musikerin hat ihr Instrument zur Seite gestellt, da Ralf und Rosalie nun in die Mitte des Gartens treten und der Professor beginnt, die Gäste mit seiner Begrüßungsrede zum diesjährigen Osterfeuer willkommen zu heißen. In diesem Moment tritt ein Paar an den Tisch der Frauen.

„Frau Lauer, Sie sind ja auch hier?“, wundert sich überrascht Beate Schulz.

„Hallo, ja, der Herr Zimmermann hat mich und meine Freundinnen eingeladen. Nett nicht? In Eulenstein ist ja auch heute Abend nichts los“, ist Ritas Antwort und aus Verlegenheit kichert sie dabei ein wenig albern.

Auch Günther bemerkt, dass es sich bei der jüngsten Frau um die Tochter der Ermordeten handelt. Denn auch er kennt sie natürlich aus der Presse.

„Das wird hier heute noch spannend, glaube ich“, raunt er Beate ins Ohr und kann sich nicht verkneifen, ihr einen leichten Kuss auf die Wange zu geben. Sie strahlt ihn an. Rita erkennt sehr genau den Leiter des Controllings, denn schließlich hängt sein Foto in der Klinik an der großen Tafel, wo alle Abteilungsleiter abgebildet sind. Interessante Verhältnisse beim Personal in Eulenstein, denkt sie, hat doch was von einem Kontakthotel.

Zimmermanns Ansprache ist eher kurz und bündig. Er dankt allen für ihr Kommen und Rosalie für die perfekte Vorbereitung wie immer. Seine Frau wirft ihm lachend eine Kusshand zu und Sophias Hände beginnen sich vor Wut zu ballen. Rita macht Rosi ein Zeichen, auf Sophia zu achten, diese nickt. Dann wünscht der Professor allen einen ereignisreichen Abend mit guten Gesprächen und eröffnet das Buffet, das in der Küche aufgebaut ist und auf die Gäste wartet.

„Eine interessante Wortwahl von Ralf“, findet Rita.

„Reden halten kann der Chef“, wirft Beate ein und lächelt.

Insgeheim wundert sie sich ein wenig, warum plötzlich eine Patientin den Professor duzt.

Rita schielt auf ihre Armbanduhr. Es ist kurz vor 18 Uhr. Sie nimmt nur ihre rechte Krücke und hakt Ute links unter. „Lass uns mal zum Buffet gehen.“

Sie gehen auch ins Haus, biegen jedoch nicht nach rechts in Richtung Küche ab, sondern gehen geradeaus zur Haustür hinaus. Im Flur fällt Ritas Blick in den Einkaufskorb, in dem noch immer Rosalies rote Handschuhe liegen. Die Frauen schauen sich an und Ute schnappt sich den Korb und trägt ihn schwingend in ihrer rechten Hand.

„Nicht anfassen“, flüstert Rita.

„Das ist dasselbe Modell und dieselbe Größe nur in Rot“, meint Ute und deutet auf die glitzernden Steine.

„Hier ist jetzt gleich aus die Maus, keine Sorge“, weiß Rita, „jetzt haben wir sie doppelt. So einen Zufall kann es gar nicht geben“, ihre Augen funkeln weitaus heller als die Glitzersteine im Korb.

Vor der Tür wartet bereits wie vereinbart Kriminalrat Frank Eisenhauer.

„Sind sie bereit?“, will Rita von ihm wissen.

„Mehr als das, Miss Marple“, ist seine Antwort.

„Was Sie mich nur immer mit dieser alten, schrulligen Person vergleichen“, echauffiert Rita sich lauthals.

Ute hält ihm den Korb unter die Nase und überrascht hebt er die Augenbrauen. „Wem gehören diese Handschuhe?“

Über so viel Begriffsstutzigkeit kann Rita nun wirklich nur den Kopf schütteln. „Na, der Mörderin, die scheint diese Handschuhe ja in allen Farben zu besitzen."

Wie vereinbart schlendern Rosi und Sophia aus der Pforte, die in den Garten führt und Ralf tritt mit Rosalie aus der Haustür auf den großen Parkplatz. Der Professor hatte darum gebeten, den Zugriff möglichst diskret durchzuführen, ohne viel Aufsehen, sodass die Feierlichkeiten nicht gestört werden. Rosalie schaut irritiert auf den Korb, der auf dem Kies steht, dann auf den Mann in Lederjacke.

„Kriminalrat Frank Eisenhauer, Kripo Hofheim", stellt sich dieser vor. „Frau Professor Dr. Zimmermann, nehme ich an?"

Rosalie nickt huldvoll und reicht ihm die Hand, doch der Polizist ergreift sie nicht.

Sie hakt sich bei ihrem Mann unter, der sich leicht versteift. „Ralf, was soll das hier und wieso stehen diese Frauen hier vor dem Hause, wenn die Kripo kommt?"

Sophia will gerade wie gewohnt losschreien, doch Rosi, die vorbereitet ist, hält ihr mit beiden Händen den Mund zu.

„Hier wird heute Abend die Mörderin von Ariane Edelweiß gestellt", wirft Rita als Erklärung ein.

„Richtig", stimmt der Kommissar zu und greift in die Innenseite seiner Lederjacke. „Ich habe ein anonymes Schreiben vorliegen, dass eine Beate Schulz als Täterin anklagt. Dem wollen wir jetzt nachgehen. Frau Schulz ist die Leiterin der gastronomischen Abteilung der Rehaklinik Eulenstein. Professor Zimmermann, Sie laden nach meiner Kenntnis immer alle Leiter zum Osterfeuer ein, ist Frau Schulz auch zu sprechen?"

„Die Beate, wer hätte das gedacht", ruft Rosalie theatralisch aus, „wo wir doch gemeinsam zur Schule gegangen sind. Nein, das hätte ich ihr nicht zugetraut."

So viel Dreistigkeit verschlägt selbst Landfrau Rita vorübergehend die Sprache. Nicht jedoch dem Professor, der ja um das Schreiben weiß, allerdings in der Hektik auf dem Turm vergessen hatte, die Frauen über dieses Detail zu informieren:

„Beate Schulz ist natürlich hier, ich hole sie eben." Er verschwindet im Haus.

Rita kramt umständlich nach ihrer Brille in der Handtasche.

„Wo kommt denn der Wisch plötzlich her? Darf ich den mal sehen?"

„Nein", ist die kurze und knappe Antwort des Polizeibeamten, der bemüht ist, wieder Oberwasser in den Ermittlungen und dem Zugriff zu bekommen.

Rosalie bricht in Tränen aus. „Beate, meine Freundin Beate ist eine Mörderin. Das ist so schrecklich. Was wohl die Presse dazu sagen wird? Hoffentlich schadet das nicht dem Ruf meines Mannes als Klinikleiter."

„Wer hier nun wirklich die Mörderin ist, wird sich gleich herausstellen", wirft Rita ein.

Rosalie unterbricht ihre Tränenflut abrupt und schaut die Landfrau überrascht an. In diesem Moment kommt Ralf zurück im Schlepptau mit Beate und natürlich Günther.

Der Kriminalrat stellt sich vor und zeigt auch seine Dienstmarke. „Frau Schulz, ich habe hier ein anonymes Schreiben, dass sie als Mörderin der Patientin Ariane Edelweiß anklagt. Ich muss solchen Hinweisen nachgehen und frage sie also, wo waren sie am Samstagabend vor Ostern zwischen 19 und 21 Uhr?"

Beate schnappt nach Luft. Unsicher schaut sie zwischen dem Polizisten und Professor Zimmermann hin und her. „Ich, nun, ich war zu Hause."

„Kann das jemand bestätigen?", kommt auch schon die übliche Frage des Beamten.

„Stopp", ruft Rita dazwischen. Sie zeigt auf Rosalie: „Wo waren sie denn an dem Abend zu der fraglichen Uhrzeit."

„Das tut hier ja nun nichts zur Sache", faucht Rosalie los, „Ralf, diese vermeintlichen Damen, die verlassen jetzt auf der Stelle unser Grundstück."

„Ist das hier ihr Einkaufskorb?", mischt sich auch Ute. „Und sind das ihre Handschuhe?" Ute schwenkt den Korb vor Rosalies Gesicht herum.

„Es ist unser Einkaufskorb. Die Handschuhe gehören meiner Frau, aber wieso steht der eigentlich auf der Straße?", wundert sich nun der Professor.

Dem Kommissar reicht es jetzt, er stapft mit dem Fuß auf und schreit: „Ruhe jetzt, die Fragen stellt hier immer noch die Polizei und nicht das Miss Marple-Trio."

Doch Rita ist jetzt richtig in Fahrt. Sie ignoriert das Gebrüll des Kommissars, nimmt einen Handschuh aus dem Korb und bittet Beate Schulz, diesen anzuziehen. Überrascht will Beate ihn überstreifen, doch ihre Hand ist viel zu klein, als dass er ihr richtig passen würde. Rita entreißt ihr wieder das Kleidungsstück, wirft es zurück in den Korb und sagt an Eisenhauer gewendet: „Jetzt können sie wieder übernehmen, der Fall ist ja wohl nun geklärt."

„Worum geht es hier eigentlich gerade", will sich nun auch Günther einmischen, der schützend seinen Arm um seine zitternde Freundin gelegt hat. Doch niemand beantwortet ihm seine Frage. Eisenhauer wendet sich nun Rosalie zu, die mehr als bleich im Gesicht geworden ist. Nach seiner Explosion eben, spricht er nun mit ganz ruhiger Stimme: „Frau Professor Dr. Zimmermann, wo waren sie an dem betreffenden Samstag vor Ostern zwischen 19 und 21 Uhr?"

„Zu Hause."

„Allein?", hakt der Polizist nach.

„Ich war nicht da", beeilt sich der Professor zu erzählen, ich war bei einem Kongress."

Rosalie lacht höhnisch auf.

„Sie kommen jetzt mit mir auf das Kommissariat, da nehme ich ihre Aussage zu Protokoll und werde außerdem ihre Fingerabdrücke überprüfen, die wir auf den Tathandschuhen fanden und bei denen es sich übrigens um das gleiche Modell und die gleiche Größe, nur in einer anderen Farbe, handelt."

Freundlich reicht Ute dem Kommissar den Korb.

„Ich kann jetzt hier nicht weg, wir haben Gäste, was soll der Unsinn? Ralf, also Ralf jetzt sprich hier mal ein Machtwort."

Der Professor zuckt mit den Schultern. Ganz ruhig antwortet er: „Die Gäste mache ich schon, aber ich fürchte die Polizei sagt jetzt hier, was passiert. Bestimmt handelt es sich um einen Irrtum und du bist in einer Stunde wieder zurück." Mit sanftem Druck schiebt er sie in Richtung Polizeiauto, das jetzt auf die Auffahrt des Anwesens einbiegt. Ein zweiter Beamter, der die ganze Zeit auf der Straße gewartet hat, steigt aus und hält ihr formvollendet die Tür hinter dem Beifahrersitz auf. Zimmermanns Stirn zeigt tiefe Furchen und in seinem Blick liegt viel Abneigung gegenüber seiner Frau. Eisenhauer ist sich sicher, hier den richtigen Schritt getan zu haben.

„Sie, Frau Schulz, können vorerst auf freiem Fuß bleiben, aber bitte verlassen sie die Stadt nicht, bevor wir die Anhörung von Frau Dr. Zimmermann beendet haben."

„Natürlich nicht", flüstert Beate und ihre Knie zittern noch immer. Günther zieht sie mit beiden Armen sanft an sich.

Die Landfrauen und Sophia stecken die Köpfe zusammen. Rita ist in absoluter Euphorie.

„Aus die Maus, die Überprüfungen werden ergeben, dass Rosalie für den Mord an deiner Mutter schuldig gesprochen wird. Wir haben den Fall gelöst."

„Unseren ersten richtigen Kriminalfall", stimmt Ute zu.
„Mit echter Leiche", piepst Rosi.
Sophia weint schon wieder ein wenig.
„Ob wir auch erfahren werden, warum sie es getan hat?"
Rosi drückt Sophias Hand. „Auch das werden wir erfahren. Der Spuk ist nun erst mal vorbei."
Als Rosalie schon im Wagen sitzt, winkt sie Ralf noch mal zu sich an die offene Wagentür. Der Polizeibeamte tritt diskret zur Seite. Ralf beugt sich ins Innere des Wagens. Rosalies Augen haben sich in kleine Schlitze verwandelt, aus denen sie ihren Mann böse anfunkelt: „Glaub nur nicht, dass du mich mit deinem hinterhältigen Plan jetzt ans Messer liefern kannst. Jeder wird von mir erfahren, dass du einen Geliebten hast. Mit Fingern werden sie auf dich zeigen. Ich nehme mir die beste Anwältin der Stadt. Deinen Nagel werden sie allerdings nicht mehr dazu befragen können, denn der liegt mausetot auf der Überwachungsstation der Intensivstation. Dafür habe ich gesorgt. Du wirst ganz allein sein."
Sie spuckt ihm ins Gesicht und dreht den Kopf weg. Als sein Kopf wieder aus dem Wagen auftaucht, wischt er sich ihre Spucke aus dem Gesicht und tritt zu Seite. Der Polizeibeamte hält es für Tränen, er nickt dem Professor zu und schließt die Wagentür. Eisenhauer tippt an seinen Hut.
„Vielen Dank Ihnen allen." An Zimmermann gewendet sagt er: „Wir melden uns."
Dann klettert er auf den Fahrersitz, wendet das Fahrzeug und fährt davon. Die Landfrauen sehen dem Auto hinterher.
„Wenn der jetzt überall behauptet, ER hätte den Fall gelöst, dann wird er Miss Marple mal richtig kennenlernen", ist Ritas Kommentar.
Obwohl die Situation ernst und angespannt ist, beginnen doch alle, sogar Sophia, zu lachen und Professor

Zimmermann bittet die Anwesenden wieder zurück in den Garten zu kommen.

Rita hakt sich bei ihm unter und meint: „Ralf, ich brauche jetzt ein Glas Apfelwein, aber ein ganz großes, ja?"

„Das wird kein Problem sein, liebe Rita", ist seine Antwort. Er fühlt Erleichterung. Der erste Schritt in die Freiheit ist gemacht, denn natürlich ist er nicht davon überzeugt, dass Rosalie innerhalb von einer Stunde zurückkehren wird. Dennoch wandern seine Gedanken zu Heinz.

Als alle Gäste schließlich später das Fest verlassen haben, ruft er in der Klinik an und erfährt, dass Heinz unversehrt und lebendig auf der Überwachungsstation der Intensivstation liegt. Die Klinik habe bereits Anzeige bei der Polizei erstattet.

Epilog

Vier Tage später fahren Ute und Rosi mit Kallis altem Golf zurück in Richtung Norddeutschland. Beide hängen ihren Gedanken nach. Natürlich war Rosalie nicht nach einer Stunde zu den Feierlichkeiten rund um das Osterfeuer zurückgekehrt. Noch in der Nacht hat sie auf dem Revier den Mord an Ariane Edelweiß gestanden, als sie aufgrund der übereinstimmenden Fingerabdrücke und der Hautschuppen keinen anderen Ausweg sah. Am Ostersonntag wanderte sie in Untersuchungshaft. Ihre Anwältin, die versuchte, sie gegen eine hohe Kaution auf freien Fuß zu holen bis zum Gerichtsverfahren, scheiterte. Heinz Nagel hat Glück gehabt. Der diensthabende Arzt hat ihn frühzeitig aufgrund des Anrufs von Professor Zimmermann gefunden und so konnte der Verwaltungsleiter reanimiert werden. Rosalie hatte als erfahrene Gattin eines Arztes ganze Arbeit geleistet. Bevor sie versuchte hatte, Heinz Nagel mit dem Kopfkissen zu ersticken, hatte sie alle Geräte so raffiniert ausgestellt, dass es im Überwachungszimmer niemandem aufgefallen war. Nagel war inzwischen auf eine normale Station verlegt worden und befand sich in entsprechend guter Verfassung.

Sophia hat am Dienstagmorgen den schweren Weg ins Leichenschauhaus angetreten, um Abschied von ihrer

Mutter zu nehmen. Rosi hat sie begleitet und sie hat es geschafft, nicht zu weinen. Noch immer haderte die junge Frau damit, warum es ausgerechnet zu dieser Verwechslung gekommen war und sie fand das ungerecht. Heute Morgen, bevor Ute und Rosi gen Norden aufgebrochen waren, war ihr Vater Hartmut gekommen, um seine Tochter abzuholen. Die Landfrauen haben diesbezüglich ein gutes Gefühl. Sie sind sich sicher, dass Vater und Tochter wieder enger zusammenrücken werden. So hat der tragische Tod von Ariane wenigstens noch eine positive Seite.

Nachdem die Presse Wind von der ganzen Sache bekommen hat, war am Dienstag sowohl in Eppstein im Gasthaus zum Taunus, als auch in der Rehaklinik Eulenstein der Teufel los gewesen. Immer wieder wollten die Journalisten auch Interviews mit den Landfrauen haben, die sich natürlich nur allzu gern dazu bereit erklärten. Sie wurden sogar zu dritt mit Sophia und Kriminalrat Eisenhauer an ihrer Seite in den Abendnachrichten vom Hessischen Rundfunk gezeigt, gleich nach *Alle Wetter* mit dem beliebten grünen Wetterfrosch Fridolin. Fröhlich erklärte der Kommissar nun der ganzen Welt, dass die Geheimwaffe *Miss Marple hoch 3* erheblich dabei geholfen habe, diesen dubiosen Mordfall am Neufville-Turm aufzuklären. Dass sie ihn in seinen Ermittlungsarbeiten mehr oder weniger überrannt haben, ließ er unerwähnt, doch Rita war damit sehr zufrieden. Auch der Bürgermeister der Stadt Eppstein schickte ein Dankesschreiben, verbunden mit einer Kostenübernahme der Hotelübernachtungen für Ute, Rosi und Sophia.

Der Inhaber von Micha's Lädchen in Kelkheim, der am Abend den Sender eingeschaltet hatte, rief aufgeregt nach seiner Frau. Gemeinsam hörten sie sich das Statement an die Presse von Landfrau Rita an. Als sie das rote Stempelkissen in die Kamera hielt und verriet, dass diese wichtige Requisite, die sie bei Micha in Kelkheim erhalten hatte, letztendlich den Weg zur Auflösung des Falles geebnet hat, strahlte der Ladeninhaber. Er beschloss spontan, bei der Polizei anzurufen und nach der Adresse der Frauen zu fragen. Gern wollte er ihnen einen Karton seines besten Rotweins als Dankeschön senden. Doch die Zeitungen waren nicht nur voll von den Berichten über die Landfrauen. Natürlich gab es auch Berichte über die gleichgeschlechtliche Liebschaft des Professors und seines Verwaltungsleiters. Dafür hatte Rosalies Anwältin hinreichend gesorgt. Entgegen aller Befürchtungen verliefen diese aber glimpflicher ab als gedacht. Heutzutage ist die Liebe zwischen zwei Männern keine Besonderheit mehr, wenn sie natürlich auch im Rahmen des Mordfalls beleuchtet wurde. Der Arbeitgeber von Professor Zimmermann hat bisher jedenfalls deswegen noch keine Schritte eingeleitet, außer dass er Heinz Nagel einen Genesungsstrauß ins Krankenhaus geschickt hat.

Am gestrigen Abend hat der Professor es sich nicht nehmen lassen, ein kleines Abschiedsfest in der Klinik Eulenstein für Ritas Freundinnen zu geben. Die Firma Evendon hat auf Wunsch von Landfrau Rita deftige Erbsensuppe mit Bockwürstchen und Apfelwein gecatert. Geladen waren außer den Frauen und Sophia die Abteilungsleiter des Professors, Ritas Therapeuten und der letzte verbliebene Schachspieler. Sogar Kriminalrat Eisenhauer war zu der Feier gekommen.

„Ich denke, hier herrscht striktes Alkoholverbot", hatte Rita übermütig gerufen.

„Heute nicht", hatte der Professor gelacht und mit ihr angestoßen. Er hatte ihr sogar angeboten, in den Räumlichkeiten zu rauchen.

Doch darauf hatte die Landfrau gesagt: „Ralf, in zwei Wochen bin ich hier raus, ich kann doch wieder gehen. Also, zum Rauchen gehe ich vor die Tür."

„Drei Wochen wird es schon noch dauern", hatte er zurückgegeben.

Da hatte Rita ihm intensiv in seine blauen Augen geblickt und geantwortet: „Zwei und keinen Tag länger, klar!"

Der Abschied am Morgen von Rita fällt Ute und Rosi trotz allem sehr schwer. Speziell Rosi würde Rita am liebsten sofort ins Auto packen und mitnehmen. Doch natürlich ist der Landfrau klar, dass das nicht geht. Als sie gerade nach zahlreichen Umarmungen losfahren wollen, biegt ein schwarzer VW Phaeton mit hoher Geschwindigkeit und Lübecker Kennzeichen in die Einfahrt zur Rehaklinik ein. Heraus springt ein Mann, der zwar an Jahren nicht mehr ganz jung ist, sich aber gut gehalten hat.

„Hans-Hugo", kreischt Rita, „wo kommst du denn her?"

„Na, aus Travemünde, woher denn sonst? Rita, ich habe euch gestern in den hessischen Nachrichten gesehen. Das hat mir keine Ruhe gelassen. Ich musste zu dir kommen. Was macht ihr denn da wieder für Sachen? Ihr habt einen Mordfall aufgeklärt? Ich bin heute Nacht um 3 Uhr losgefahren, weil ich so unruhig war."

Die beiden fallen sich in die Arme und tauschen einen ersten, langen Kuss.

Ute und Rosi werfen sich einen bedeutsamen Blick zu.

Keine zehn Minuten später verlassen sie Eulenstein. Nach kurzer Zeit erreichen sie die A7, bis zur Raststätte Wetterau ist jedoch überaus zähfließender Verkehr. Rosi, die sich am Dienstag in Kelkheim bei Viola's Bücherwurm eigentlich einen spannenden Taunus-Krimi gekauft hat, den sie auf der Rückfahrt lesen wollte, klappt ihr Buch nach nur zwei Seiten wieder zu. Vielmehr beschäftigt die Landfrau eine ganz andere Sache.

„Dass Hans-Hugo da plötzlich aus dem Auto sprang. Meinst du, sie werden jetzt endlich ein Paar? Er wird doch bestimmt nicht gleich wieder abreisen!“

„Wir werden es erfahren“, zwinkert Ute der Freundin zu und gibt Vollgas, als sich der dichte Verkehr aufzulösen beginnt. Rosi dreht das Radio lauter, die Nachrichten auf HR 4 haben begonnen:

Eppstein im Taunus – nachdem das Miss Marple-Trio aus Wülferode erst vor ein paar Tagen den verzwickten Mordfall an einer Rehapatientin der Klinik in Eulenstein aufgeklärt hat, fanden Wanderer am heutigen Morgen erneut eine weibliche Leiche am Fuße des Neufville-Turms. Wieder war es Mord durch Erdrosseln. Von dem ermittelnden Kriminalrat sind noch keine Einzelheiten zum weiteren Tathergang bekannt gegeben worden.

Ute und Rosi wechseln einen Blick.

„Sollen wir umdrehen?“, fragt Rosi.

„Um keinen Preis“, ist die Antwort von Ute.

Danke

Von der maritimen Belletristik zum Krimi ist ein Schritt, den ich eigentlich nie gehen wollte. Als mein Agent Hubert Quirbach mir 2017 nach der Frankfurter Buchmesse vorschlug, einen Regionalkrimi im Vordertaunus zu schreiben, lehnte ich diese Idee ab. 2018 erschien dann mein *Jahresausklang Travemünde* und beim Pressegespräch vorab mit der Eppsteiner Zeitung fragten mich die Geschäftsführerinnen mit großen Augen, ob ich denn nicht auch mal ein Buch schreiben könnte, das hier in Eppstein spielt. Ich beschäftigte mich erneut eine Weile mit der Vorstellung und schließlich kam mir die Idee, meine Landfrauen nach Eppstein zu holen und es bildeten sich nach und nach die Ideen in meinem Kopf. Daher danke ich Hubert sowie auch Julia und Beate sehr für ihre geistigen Anstöße. Hubert hat auch wieder mit viel Feingefühl und dem nötigen Weitblick das Lektorat durchgeführt. Ein Krimi braucht mindestens eine Leiche. Doch wo und wie wird sie produziert? Die Idee, den Neufville-Turm in das Zentrum des Geschehens zu integrieren, kam von meinem Mann Dirk, ebenso die Idee für das Cover, das Illustrator Attila Hirth wie gewohnt perfekt inszeniert hat. Ohne Dich, Dirk, gäbe es dieses Buch vermutlich sowieso nicht, denn Du hast mich 2005 nach Eppstein geholt und mir eine hessische Heimat gegeben, in einer wunderschönen Stadt, danke. Ich reise trotzdem nach wie vor gern mit Dir gen Norden.

Viele Personen, die in diesem Buch vorkommen sind *echt*. Es gibt z. B. das wunderbare Lokal *Zum fröhlichen Landmann* in Kelkheim, ebenso wie das beliebte Micha's Lädchen in Fischbach. Auch die kleine, schnuckelige Boutique im Herzen von Eppstein ist Wirklichkeit. Micha und Diana haben die Entstehung dieses Buches die ganze Zeit über mit liebevollem Interesse begleitet. Danke. Die Rehaklinik in Eulenstein ist fiktiv und die Charaktere des Dr. Zimmermann mit seinem Nagel natürlich frei erfunden. Danken möchte ich auch meiner Freundin Nicole, die mich nicht nur in die Abläufe einer Reha-Klinik einwies, sondern zu jeder Zeit ein offenes Ohr hatte. Aber nicht nur bei meinen Freunden und natürlich meinen Eltern war das Interesse im Vorfeld an diesem Buch groß. Auch viele Eppsteiner spitzten die Ohren, als sie hörten, dass es ein Buch geben wird, dass zu großen Teilen hier in Eppstein spielt. Ich hoffe, ich habe niemanden enttäuscht und es hat gefallen. Last but not least danke ich auch Detlef. Er hat als Kommissar gearbeitet und in der Lektoratsphase das Werk aus fachlicher Sicht als ehemaliger Kripobeamter geprüft. Wir kennen uns schon viele Jahre, auch er ist ein Kreuzfahrtfan, wo sich nun wieder der Kreis für mich schließt.

Brina Stein

Sie möchten mir ein Feedback zu diesem Buch geben? Ich freue mich über Rezensionen auf den üblichen Portalen oder gern auch an: brina-stein@email.de!

Ihnen haben die Landfrauen gefallen?
Treffen Sie Rita, Ute und Rosi auch
in anderen Büchern
von Autorin Brina Stein

Jahresausklang auf Madeira – Wellengeflüster in Portugal

„Und sie haben auch am Nachmittag keine verdächtigen Personen in der Nähe der Kaimauer bemerkt?“, wollte nun abschließend einer der Beamten wissen.

„Wir waren Korbschlitten fahren“, entschuldigte sich der Kapitän und kratzte sich nachdenklich am Hinterkopf.

Sechs Kreuzfahrtschiffe treffen pünktlich zum Silvesterfeuerwerk im Hafen von Madeira ein. Die vielfältigen Einzelschicksale an Bord zum Jahresausklang könnten kaum unterschiedlicher sein. In Brina Steins Buch geht es märchenhaft romantisch zu, aber es fehlt auch nicht an Spannung. Dafür sorgt ein gemeinsames Erlebnis, dass alle Kreuzfahrer am Neujahrstag verbindet und sogar die Stadt Funchal an ihre Grenzen bringt. Eine empfehlenswerte Lektüre für alle Freunde der Blumeninsel und von Kreuzfahrten.

Preis: 12,50 Euro

Jahresausklang auf Sylt – Wellengeflüster in Westerland

„Wir müssen sofort zur Polizei", befand Rita. „Das müsst ihr nicht, wir sind schon da", ertönte durch den Raum eine dunkle Stimme.

Eine erfrischende Brise für die Seele, gepaart mit einem spannenden Streifzug durch viele Orte und Plätze der zauberhaften Insel Sylt, erwartet den Leser. Autorin Brina Stein macht einfach Lust auf Meer! Ein lustiges Völkchen hat sich zum Jahresausklang auf Sylt versammelt und wieder stehen die drei lebensfrohen, aber hoffnungslos chaotischen Landfrauen Rita, Rosi und Ute im Mittelpunkt des Geschehens. Werden sie es schaffen, das Geheimnis um die verschollene Jacht *Wellengeflüster* zu lösen?

Preis: 12,50 Euro

Der grosse Roman: 115 Tage an Tisch 10 – Wellengeflüster auf Weltreise

Völlig unterschiedliche Charaktere erfüllen sich den Traum von einer Kreuzfahrt um die Welt. Viel gemeinsam haben sie nicht, aber allabendlich sitzen sie an demselben Tisch des Kreuzfahrtschiffes Kosta Onda. Zunächst sehr distanziert, lernen sie sich und fast nebenbei die Welt kennen. Ihre Reise führt sie von Italien rund um Südamerika, durch die Südsee, Australien und um Südafrika herum wieder nach Italien. Nach und nach entwickeln sich Freundschaften und ihre Leben scheinen für 115 Tage ineinander zu verschmelzen. Neben lustigen Anekdoten, die auf wahren Erlebnissen beruhen, beschreibt und vermittelt die Autorin Brina Stein aber auch Wissenswertes über Land und Leute. Zudem nimmt sie ihre Leser mit zu den schönsten Plätzen, die sie selbst auf ihrer Weltreise entdeckte. Und das waren einige in 115 Tagen. Das Buch endet mit der Beschreibung des letzten Abends an Bord, der schließlich zeigt, dass die zusammengewürfelte Gruppe an Tisch 10 in der Welt zusammengewachsen ist und sogar schon ein Wiedersehen plant, was zu Beginn der Kreuzfahrt sicher niemand gedacht hätte.

Preis: 15,00 Euro

Jahresausklang in Travemünde – Wellengeflüster an der Ostsee

Die rüstigen Rentner Hans-Hugo und Josef planen zu Weihnachten mit den lebenslustigen Landfrauen Rita und Rosi einen Überraschungsbesuch bei ihren Freunden Ute und Kalli in Travemünde. Was wie immer harmlos beginnt, ufert aus. Eine Einladung in die Villa *Wellengeflüster* beschert ein unliebsames Wiedersehen mit der vierten und langjährig verschollenen Landfrau Doris. Dass diese im Begriff ist, den wohlhabenden Theo, Berater des Neubauprojektes *Priwall Waterkant,* zu heiraten, bringt Rita, Ute und Rosi ebenso auf den Plan wie der Abriss von Inges alteingesessener Kneipe *Bootsdeck.* Kurz vor der Eheschließung am Silvestertag verschwindet plötzlich Theo auf mysteriöse Art und Weise. Die Landfrauen fühlen sich gefordert, starten ihre eigenen Ermittlungen, wie immer, an der Polizei vorbei und jede Spur scheint zu Doris zu führen.

Spannende Tage zum Jahresausklang im Ostseeheilbad Travemünde erwarten den Leser. Brina Stein zeigt ihren Heimathafen in zahlreichen Schauplätzen. Fast nebenbei gibt es Insidertipps in Sachen Gastronomie. Das Buch aus der *Wellengeflüster*-Serie ist ein Muss für alle Fans und für Leser, die die Ostsee genau so lieben wie die Autorin selbst. Möwengeschrei inklusive!

Preis: 12,50 Euro

Alle Bücher können porto- und versandkostenfrei – und auf Wunsch von der Autorin signiert – beim Wellengeflüster Verlag bestellt werden:

wellengefluester@email.de